JEDER UND DIE ANDEREN

Maximilian Böhm

Roman

Bibliografische Information der Deutschen Nationalbibliothek:
Die Deutsche Nationalbibliothek verzeichnet diese Publikation
in der Deutschen Nationalbibliografie; detaillierte bibliografische Daten sind im Internet über http://dnb.dnb.de abrufbar.

1. Auflage 2022
© 2022 Maximilian Böhm
Luxemburg
E-Mail: mail@maximilianboehm.com
Webseite: maximilianboehm.com

Umschlags- und Buchgestaltung:
Joe Leiner, www.joeleiner.com

Herstellung und Verlag: BoD – Books on Demand, Norderstedt
ISBN 978-3-7562-1385-6

Das Leben ist monoton. Ein langsamer, langweiliger Kreislauf. So langsam wie die viel zitierte Schnecke, womöglich noch viel langsamer.

Ich sehe eine Schnecke auf dem Gehsteig. Der Schatten ihres Hauses wandert schneller mit der Sonne, als es ihr gelingt, über den Asphalt zu kriechen. Fahrradfahrer sehen sie nicht, ohne Sonnenbrille blendet sie das Sonnenlicht, mit Sonnenbrille ist so ein kleines, wirbelloses Viech nicht zu erkennen. Die Schnecke muss hoffen, dass ihr das Glück beisteht, bis sie auf der anderen Seite des Weges angekommen ist.

Ich verfüge über viel Fantasie, mancher meiner Freunde würde sagen über zu viel Fantasie. So etwas lässt sich nicht abstellen, schon gar nicht, wenn das Gewitter im Kopf erst einmal losgebrochen ist. Es ist unmöglich, diesen Gedankensturm dann noch aufzuhalten. Also ertrage ich ihn, hoffe, dass er schnell vorüberzieht.

In letzter Zeit grübele ich viel über mein Leben nach. Eigentlich denke ich schon immer viel über mein Leben nach, doch in den letzten Monaten sind meine Gedanken finsterer geworden, als ob sie eine dunkle Kellertreppe hinabsteigen.

Ich bin antriebslos, ein Zustand, der mir Angst macht. Diese Angst wiederum lässt mich über den Sinn meiner Existenz nachdenken, und über so einen Blödsinn wie eine Schnecke, die in der prallen Sonne über einen Gehweg kriecht.

Träge erhebe ich mich aus meinem Sessel, schleppe mich zur Küchentheke und gieße mir von dem 1996er *Château la Legune* nach. Ein vorzüglicher Rotwein, den ich mit zwei weiteren Flaschen Bordeaux bei einem Händler in der Altstadt erworben habe.

Im Frühjahr weht ein strammer Wind vom Atlantik und bringt viel Regen, im Sommer ist es stickig heiß. Weinkenner in aller Welt jedoch erwähnen den Namen dieser Landschaft nur mit Ehrfurcht: Médoc.

Das Sprüchlein des Weinhändlers passt ausgezeichnet. Respektvoll balanciere ich das Glas zu meinem Sessel.

Seit der Trennung von Gwendy habe ich mir, außer den drei kostspieligen Flaschen Rotwein, kaum etwas über das Notwendige hinaus gegönnt. Eine neue Wohnung, deren Miete mich ein kleines Vermögen kostet. Sie ist geräumig, hat zwei winzige Balkone, allerdings mit Nordausrichtung. Über die Dächer der gegenüberliegenden Einfamilienhäuser kann ich bis zur Neustadt hinunter und zum Rhein blicken.

Ansonsten besitze ich ein Bett, einen Barhocker, eine Stehlampe und jede Menge Bücher. Auf den Bücherturm, den ich in Italien bestellt habe, warte ich inzwischen seit mehr als acht Wochen.

Es gibt einen Flachbildfernseher von Bang & Olufsen, den mir Gwendy überlassen hat. Sie braucht ihn ja nun nicht mehr. Wir hatten ihn im Schlafzimmer aufgestellt. Gwendy ist der Meinung, im Schlafzimmer künftig Besseres zu tun zu haben.

Ich kann ihr das nach fast zehnjähriger Beziehung nicht einmal übel nehmen. Deswegen steht der Fernseher in meiner neuen Wohnung nun im Wohnzimmer, weil ich ebenfalls hoffe, künftig Besseres im Schlafzimmer zu tun zu haben.

Und tatsächlich hatte er dort auch zwei Nächte lang nichts zu suchen.

Gleich, nachdem mich Gwendy vor die Tür gesetzt hat, rief ich Nina an, die ich seit der Schulzeit kenne. Ich wusste, dass sie nie aufgehört hat, für mich zu schwärmen. Also lud ich sie mit einer erotischen Agenda, von der sie natürlich nichts ahnte, zu einem romantischen Dinner ein. Nach der Einladung glaubte ich, mich fies und egoistisch fühlen zu müssen. Nicht etwa, weil ich mich tatsächlich so fühlte, vielmehr, weil mein Gewissen mir einredete, sexuelle Hintergedanken seien heute nicht mehr zeitgemäß.

Allerdings weigerte ich mich, meine Vorfreude zu verurteilen, im Gegenteil, war sie doch Anlass für dieses Treffen. Als wir schließlich erschöpft nebeneinanderlagen, begann Nina, mich ohne Punkt und Komma vollzuquatschen. Mit einem Mal war ich mir nicht mehr so sicher, wer der eigentliche Egoist war.

Die zweite Nacht in Gesellschaft verbrachte ich mit einer polnischen Bedienung aus einer Frankfurter Kneipe. An alles kann ich mich nicht mehr erinnern. Nur an das irrsinnig teure Taxi, das uns von Frankfurt in meine Wohnung brachte, und den vierfach gebrannten Wodka, den wir aus der Kneipe hatten mitgehen lassen, und der mich die halbe Nacht über die Kloschüssel zwang. Irgendwann hörte ich noch, wie die Wohnungstür zugeschlagen wurde.

Manchmal frage ich mich, wie es überhaupt so weit kommen konnte?

Damit meine ich die letzten zehn Jahre meines Lebens plus die drei Monate, die ich mittlerweile alleine in dieser Wohnung sitze und mir Gedanken über den Sinn des Lebens mache.

Gut, ich hatte mich damals in Gwendy verliebt. Die Beziehung hielt zehn Jahre, dann zerbrach sie. Beziehungen zerbrechen, das ist eben so. Gwendy allerdings den Grund meiner Antriebslosigkeit anzulasten, wäre unfair, zudem die falsche Antwort.

Die Entscheidung, so zu leben, liegt länger zurück, auch kam sie nicht ganz freiwillig zustande.

Nach dem Abitur hatte ich beschlossen, Soziologie zu studieren. Schon bald wusste ich, dass ich mich richtig entschieden hatte, das Thema interessierte mich.

Im zweiten Semester lernte ich in einem Kurs einen Afrikaner kennen. Aber Moussa war zum Studium nach Mainz gekommen. Er stammte aus Dschibuti, sein Vater arbeitete bei der UN in Genf, die Familie war einflussreich. Außerdem hatte er einen Onkel, der in der Wüste lebte. Ein Nomade. Aden ging alle Probleme mit einer Ruhe und Gelassenheit an, wie ich es niemals zuvor bei irgendjemandem erlebt hatte. Die Suche nach der Antwort schien für ihn einzig eine Frage der Zeit.

Wir freundeten uns an. Er erzählte mir, dass die Gesellschaft für technische Zusammenarbeit, die im Hafen von Dschibuti ein Projekt plante, Mitarbeiter suchte. Ich überlegte nicht lange und meldete mich. Afrika, dieser faszinierende Kontinent, unbekannt, mystisch und gefährlich zugleich.

Vier Wochen später flog uns eine Maschine des französischen Militärs, die Medikamente geladen hatte, nach Ostafrika. Ein Jeep der Gesellschaft holte uns mitten in der Nacht vom Flughafen ab. Der Vollmond beleuchtete die verstaubten Landstraßen, die Luft vibrierte, am Hafenbecken roch es nach Salz. Gigantische Frachtschiffe lagen vor Anker, eine Armee von Arbeitern kroch schwer beladen aus den Schiffsrümpfen.

Man teilte Aden und mir ein Büro am Hafen zu, das wir uns mit ortsansässigen Mitarbeitern der Gesellschaft teilten. Ich lernte die unterschiedlichsten Menschen kennen, einflussreiche Einheimische: Funktionäre, Politiker und Geistliche. Nur nach und nach erschlossen sich mir ihre Werte und Überzeugungen.

Die Zeit verging wie im Flug, schnell war das Projekt zu Ende. Aden musste zurück nach Deutschland, hatte Verpflichtungen an der Universität. Ich hatte andere Pläne, wollte die Wurzeln des Kontinents erkunden, die Weiten Afrikas entdecken.

Als Erstes besuchte ich Adens Onkel. Er lebte am Warko, einem Gebirgskamm in der Wüste. Tagsüber suchten wir Schutz vor der unerbittlichen Sonne, nachts wanderten wir durch die

Ebene oder saßen am Lagerfeuer und beobachteten die Sterne. Das erste Mal in meinem Leben sah ich die Galaxie, ein langgezogener, milchiger Schleier in den unbeschreiblichsten Farben. Selten empfand ich meine Existenz so unbedeutend, wie in diesem Augenblick.

Ich beschloss, das riesige Land von Osten nach Westen zu durchqueren. Meine Mitreisenden im Bus waren meist einfache Leute, die ihren halben Hausrat mit sich schleppten. Um mich herum gackerten Hühner, grunzten Ferkel und meckerten Ziegen.

Unweit der Madera Berge entschied ich, mich eine Weile alleine durch die Wildnis zu schlagen. Ich erinnere mich noch an das Gefühl der plötzlichen Einsamkeit, als der Bus am Horizont verschwunden war. Nun gab es nur noch wilde Sträucher und einige wenige schiefgewachsene Bäume. Die Luft flimmerte vor Hitze, in der Ferne heulte ein Kojote. Ich richtete den Kompass aus und marschierte los.

Die Steppe erschien mir als ein unendliches Stück Land. Antilopenherden kreuzten meinen Weg, Vogelschwärme zogen ihre Bahnen am Himmel. Ich war ganz bei mir selbst, allein, aber nicht einsam. Ich genoss die Harmonie der Natur, begeisterte mich an den vielen unterschiedlichen Farben. Wenn ich müde war, schlief ich, wenn ich Hunger hatte, aß ich, wenn ich mich stark fühlte, wanderte ich weiter.

Am siebten Tag stieß ich auf einen Pfad, der von Elefanten stammen musste. Ich folgte ihm, bis hohe Felswände aus der Erde wuchsen. Ein schmaler Steig führte durch das Gestein, überall in den Felsen waren Einkerbungen, ein süßlich-beißender Geruch nahm mir den Atem. Ich zögerte, bekam Zweifel, ob ich den Weg fortsetzen sollte.

Mit einem Mal tat sich ein tiefes Tal auf. Überall lagen riesige Knochen, die sich übereinander stapelten, Elfenbein glitzerte in der Sonne. Mir stockte der Atem. Ein Elefantenfriedhof, inmitten der Steppe, umgeben von mächtigen Felsen. Die Tiere hatten den Weg hierher gefunden, um in Frieden zu sterben.

Ich kletterte hinunter, irrte zwischen den Knochen umher, ergriffen von den Eindrücken, die diese seltsame Ruhestätte in mir hervorrief. Erst als der Mond schon hoch am Himmel stand, legte ich mich auf einem Felsvorsprung zum Schlafen.

Am nächsten Morgen weckte mich das Kreischen der Vögel, die über dem Tal kreisten. Schwerfällig rappelte ich mich auf, folgte dem Pfad zurück in die Steppe. Die Sonne brannte vom Himmel. Ich hatte schlecht geschlafen, jeder Schritt fiel mir schwer. Nach einigen Stunden traf ich auf eine Baumgruppe mit einer kleinen Affenhorde. Hektisch sprangen die Tiere von Ast zu Ast. Im Schatten der Baumkronen lehnte ich mich erschöpft gegen einen der Stämme. Sofort schlief ich ein.

Irgendwann riss mich das Keifen der Affen aus dem Schlaf. Ich schlug die Augen auf. Sofort gefror mir das Blut in den Adern. Die Spitze eines Speeres war auf mein Herz gerichtet, ein schwarzer Krieger funkelte mich mit düsterer Miene an, seine mit roter Farbe bemalten Backenknochen traten spitz hervor. Die Affen sprangen hysterisch von Ast zu Ast. Mein Herz trommelte gegen meinen Brustkorb, ich war überzeugt, mit meinem Leben ist es vorbei.

Der Blick des Kriegers fiel auf meinen Rucksack. Instinktiv reagierte ich, hob beschwichtigend die Arme, bedeutete ihm, er möge warten, ich wolle ihm etwas zeigen.

Misstrauisch folgte er meinen zitternden Händen. Ich öffnete den Rucksack und holte meine Sonnenbrille hervor. Vorsichtig klappte ich sie auseinander und setzte sie auf, dann wandte ich mein Gesicht zur Sonne.

Erstaunt starrte der Krieger mich an, die Spitze seines Speeres weiterhin auf meine Brust gerichtet. Aufgeregt gab er mir zu verstehen, dass er die Brille haben wolle. Ich setzte sie ab, streckte vorsichtig den Arm aus und hielt sie ihm hin. Er schnappte sie mir aus der Hand, setzte sie ehrfürchtig auf die Nase und sah in die Sonne. Eine Weile stand er bewegungslos da, dann drehte er sich zu mir um und verbeugte sich. Der Speer sank zu Boden.

Der Krieger setzte die Brille ab, starrte auf meinen Rucksack, dann befahl er mir, ihm zu folgen. Die Affen schielten neugierig durch das Blätterdach.

Der Krieger lief los. Er war schnell, ich hatte Mühe, an ihm dranzubleiben. Von Zeit zu Zeit drehte er den Kopf, vergewisserte sich, ob ich noch hinter ihm war. Wir rannten quer durch die Steppe. Ich spürte kaum noch meine Beine, jeder Schritt tat mir weh, doch ich hatte Angst, es den Krieger wissen zu lassen.

Endlich tauchte am Horizont ein kleines Dorf auf. Schon von Weitem sah ich den Rauch von Feuerstellen über den Dächern der Hütten aufsteigen.

Als man uns entdeckte, brach Hektik aus. Die Kinder und Frauen liefen zu ihren Hütten, eine Gruppe Krieger kam uns entgegen und kreiste mich ein. Überall sah ich nur Äxte und Speere. Mit letzter Kraft sank ich zu Boden und klammerte mich an meinen Rucksack.

Nach einer Weile kamen zwei alte Männer mit Federschmuck heran. Ihre Mienen waren noch finsterer als die der Krieger. Der Mann, der mich zum Dorf gebracht hatte, redete auf sie ein. Einer der beiden Alten, ich tippte auf den Häuptling, trat vor und deutete auf meinen Rucksack. Rasch kramte ich mein Fernglas und eine Taschenlampe heraus. Das Fernglas hielt ich dem Häuptling hin, erklärte ihm gestenreich, wie es zu benutzen war. Er sah hindurch und erschrak.

Sofort zog sich der Kreis der Krieger enger um mich. Hektisch fuchtelte ich mit den Händen, beschrieb nochmals, wie das Fernglas zu gebrauchen war. Erneut sah der Häuptling hindurch, doch dieses Mal lachte er. Er zeigte auf die Taschenlampe, ich reichte sie ihm. Der andere Alte trat vor. Rasch suchte ich nach meiner Reiseapotheke und gab sie ihm. Als ich ihm erklären wollte, was ich ihm überließ, interessierte es ihn nicht.

Die Aufmerksamkeit der Krieger verlagerte sich auf die Geschenke, der Kreis löste sich auf, die Männer zogen mit ihrer Beute davon. Ich kniete auf dem Boden, hatte Mühe, meine Panik unter Kontrolle zu bekommen.

Als ich mich wieder beruhigt hatte, streifte ich durch das Dorf. Niemanden schien es zu beunruhigen. Die Frauen und Kinder waren zu ihren Kochstellen und Ziegen zurückgekehrt. Vor einer der Hütten spannte eine Haut über einem Holzrahmen. Ich betrachtete die Vorrichtung genauer. Eines der Kinder lachte und deutete in Richtung der Ziegen.

Als der Abend dämmerte, sah ich meinen Krieger wieder. Er trug eine Art Shorts aus vergilbtem Leder. Eine Hälfte seines Gesichts war mit weißer Farbe bemalt, die Sonnenbrille klemmte an seiner Hose.

Mit Händen und Füßen erklärte er mir, dass am Abend ein Fest stattfinden würde, zu dem er mich einlud. Ich bedankte mich, er grinste, deutete stolz auf die Sonnenbrille.

Während des Fests saß ich bei der Familie meines Gastgebers. Ich trank selbstgebraute Malze und aß Tiere, von denen ich niemals geglaubt hätte, dass man sie essen kann. Einige der Krieger sprachen mich an, zeigten mir ihre Ausschläge und Verstümmelungen, die von Kämpfen herrühren mussten. Ich nickte mit ernster Miene, ging aber nicht näher darauf ein.

Spät legte ich mich zum Schlafen. Als ich am folgenden Tag erwachte, beschloss ich weiterzuziehen. Der Krieger und einige seiner Freunde begleiteten mich zu einem Marktplatz, der etwa eine Stunde vom Dorf entfernt lag. Dort boten Händler aus dem Umland ihre Waren an. Einer von ihnen erklärte sich bereit, mich auf seinem Eselskarren in die nächst größere Stadt mitzunehmen.

Die Fahrt führte über unbefestigte Landwege, schweigend saßen wir nebeneinander auf dem Bock. Am zweiten Tag bekam ich furchtbare Kopfschmerzen, schob es auf die Sonne, der ich mich den ganzen Tag ausgesetzt hatte.

Der Händler gab mir eine Arznei, doch die Schmerzen ließen nicht nach. Ich war benommen, fühlte mich abgeschlagen und legte mich hinten auf den Wagen. In den Augen des Händlers sah ich Angst, hörte, wie er die Esel zur Eile antrieb.

Immer weniger nahm ich von meiner Umgebung wahr, fiel in eine Art Delirium. Die Eindrücke und Geräusche um mich herum waren ohne Zusammenhang. In einem Moment sah ich das Gesicht des Händlers, im nächsten Augenblick war ich ohnmächtig. Einbildung und Wirklichkeit wechselten einander ab, ich schwebte in einer Zwischenwelt.

Irgendwann hörte ich laute Stimmen, sah schwarze Gesichter und weiße Kittel, besorgte Mienen und rotierende Deckenventilatoren. Mir war heiß und kalt zugleich. Eine Sekunde war es hell, gleich darauf wieder dunkel. Ich hörte Propellergeräusche, sah Menschen in Uniformen, sie sprachen Französisch.

Als ich das nächste Mal zu mir kam, befand ich mich in einem Raum mit sterilen, polarweißen Wänden. Neonlicht leuchtete von der Decke, Ärzte in Schutzanzügen, die aussahen wie Astronauten, starrten mich an. Ihre Münder bewegten sich hinter dem Glasschutz. Ich verstand, was sie sagten, war aber zu schwach, zu antworten. Noch immer wandelte ich zwischen Licht und Schatten.

Erst nach und nach blieb ich länger bei Bewusstsein. Man

zapfte mir Blut ab, maß Fieber, schloss mich an medizinische Geräte an. Ständig waren Ärzte, Krankenschwestern und Pfleger um mich herum, immer trugen sie Schutzanzüge. Wissenschaftler standen vor meinem Bett, begutachteten mich, tauschten Meinungen aus.

Langsam fühlte ich mich besser, es gelang mir, meine Gedanken zu ordnen.

Vor meinem inneren Auge sah ich Afrika. Dschibuti, den Hafen, die Wüste, den Elefantenfriedhof, das Dorf, das Fest, den Eselskarren.

Die Bilder erschienen mir seltsam, die Farben, die die Eindrücke untermalten, waren bleiern und grau, die Gefühle, die sich mit den Erinnerungen verbanden, hatten sich verändert. Etwas Neues dominierte meine Empfindungen: Angst.

Die Ärzte klärten mich auf.

Ich litt an Lassafieber, einem in Nigeria weit verbreiteten Virus.

Dass ich überlebt hatte, grenzte an ein Wunder. Man erläuterte mir Diagnose und Therapie, mit den psychischen Folgen ließ man mich alleine.

Mir wurde bewusst, dass ich dem Tod in letzter Sekunde von der Schippe gesprungen war. Eine Gewissheit, die mich ebenso erschütterte, wie sie mir Angst einjagte.

Ich wollte reden, musste reden.

Mit einer der Krankenschwestern kam ich ins Gespräch. Wir verstanden uns gut, sprachen oft miteinander. Sie brachte mir bei, wieder zu lachen.

Ich schwor, mir die Hirngespinste eines Lebens in Afrika aus dem Kopf zu schlagen, würde neue Pläne schmieden, bodenständige Pläne.

Das Umdenken fiel mir nicht schwer, denn jedes Mal, wenn ich an Afrika dachte, überfiel mich eine lähmende Angst. Ich verdrängte die Bilder, konzentrierte mich auf das Hier und Jetzt. Auf eine simple Art machte mich das glücklich.

Als ich das Krankenhaus verließ, waren die Krankenschwester und ich ein Paar. Ihr Name war Gwendy.

Ich nippe an meinem Rotwein, versuche mich abzulenken, konzentriere mich auf das Fernsehprogramm.

Die Moderatorin lächelt in die Kamera. Sie versieht die Frage an ihren Gast mit einem intellektuellen Touch. Als er zu einer vorsichtigen Antwort ansetzt, unterbricht sie ihn, beantwortet ihre Frage selbst und gibt ihrem Gegenüber mit einem herablassenden Blick zu verstehen, dass sie ihm sowieso kein Wort geglaubt hätte.

Talkshows haben mittlerweile ein Format angenommen, das sich durchgehend in festgelegten moralischen Mustern bewegt. Jeder Redebeitrag ist bis in seine Einzelheiten vorhersehbar. Ich vermisse die Streitkultur der alten Tage, sehne mich zurück nach einem Klaus Kinski, der den Moderator beleidigte und vom Publikum dafür noch Beifall erhielt.

Aber wie es Aldous Huxley in seinem Roman *Schöne Neue Welt* bereits vorausgeahnt hatte, verliert sich die moderne Gesellschaft in einem bedeutungslosen Mittelmaß.

Doch ich bin bereit, dagegen anzukämpfen, bin gerüstet, habe vorgesorgt.

Die letzten Wochen verbrachte ich damit, eine ausgiebige Debatte mit mir selbst zu führen, um schließlich zu der Erkenntnis zu gelangen, dass die beste Entscheidung diejenige ist, die man trifft.

In meinem Kopf entspann sich eine Idee, die sich mehr und mehr konkretisierte. Um etwas zu verändern, musste ich handeln, um zu handeln, musste ich die dazu notwendige Energie aufbringen. Es war unmöglich, weiterzumachen wie bisher – zu viel Grübelei, zu wenig Tat. Über kurz oder lang würde mich diese Nachdenklichkeit in den Wahnsinn treiben. Es wird Zeit, sich den Realitäten des Lebens zu stellen. Zu lange habe ich, wie das Kaninchen regungslos auf die Schlange gestarrt, unfähig, eine Entscheidung zu treffen. Doch nun bin ich bereit, meine ausgetretenen Pfade zu verlassen. Ich will Neuland betreten, sehne mich nach Unbekanntem. Ich freue mich darauf, mein eingerostetes Deutungskorsett neu zu schnüren, Eindrücke zu sammeln und Impulse zu setzen. Ich begebe mich auf den Weg zur Wahrheit. Als demonstrativer Ausdruck meiner Entschlossenheit steht in der Ecke ein gepackter Rucksack. Unterwäsche, Zahnbürste, Strümpfe, eine Regenjacke sowie zwei Bücher, für deren Auswahl ich die meiste Zeit aufgewendet hatte. Ich brauche Bargeld, meine Kreditkarte, die Zigaretten und ein Feuerzeug. Meine Uhr und mein Handy lasse ich in der Wohnung. Falls etwas fehlt, besorge ich es mir unterwegs.

Als erstes Hindernis überwinde ich die Schwerkraft, erhebe mich aus dem Sessel, trinke den Rotwein aus, stelle das Glas in die Spüle. Ein letzter, geordneter Akt bürgerlichen Lebens.

Meine Wohnung präsentiert sich, als sei sie schon immer dazu vorgesehen, verlassen zu werden. Der Sessel steht verloren vor der kahlen Wand, der Fernseher flimmert, die Stehlampe projiziert einen blassen Lichtkreis auf den Boden.

Ein Augenblick absoluter Klarheit überkommt mich, ich nehme mir Zeit, koste ihn aus. Ein letzter Blick, dann wende ich mich um, marschiere entschlossenen Schrittes zur Wohnungstür. Einmal atme ich noch tief durch, ziehe die Tür ins Schloss und steige die Treppen des Hausflurs hinunter.

Von der Straße aus sehe ich nach oben. Mein Fernseher läuft, das Licht flimmert matt durch die Fensterscheibe. Eine Illusion bürgerlicher Ordnung. Keiner soll sich Sorgen machen, einem Wahnsinnigen könne eingefallen sein, aus der

Reihe zu tanzen, um ein neues Leben zu beginnen.

Ich mache mich auf den Weg zur Haltestelle Nerotalstraße.

Niemand ist unterwegs, die Nacht ist mild und sternenklar.

Ich passiere ein kleines Haus, in dem ein altes Ehepaar wohnt. Manchmal treffe ich die beiden im Lebensmittelladen an der Ecke. Der Besitzer des Ladens, ein Türke, verteilt Gemüse, frische Kräuter und Obst auf Körbe, die auf Holzpaletten vor dem Fenster stehen. Immer, wenn ich vorbeikomme, duftet es nach Minze. Der Geruch kitzelt noch in der Nase, wenn man den Laden betritt.

Meistens steht der alte Herr vor den Paletten und riecht an den Kräutern. Seine Frau ruft ihm von drinnen zu, was sie gerade in den Einkaufskorb packt. Er nickt dann stets, obwohl sie ihn nicht sehen kann.

Die Katze der beiden Alten sitzt am Fenster, als ich am Haus vorbeigehe. Ich kann sie sehen, weil die glänzende Schicht ihrer Netzhaut das Licht der Straßenlaterne reflektiert. Fast habe ich das Gefühl, sie hat auf mich gewartet, lächelt mich an. Sie weiß Bescheid, kennt meinen Plan, ist einverstanden, vielleicht sogar ein bisschen neidisch.

Von der Welt hier draußen überblickt sie nur das Wenige das sie durch das Fenster sieht. Obwohl sie nie eine andere Perspektive hatte, ahnt sie, dass die Umgebung aus mehr besteht, als dem Ausschnitt, den ihr das Fenster zugesteht. In ihrem Katzengehirn erwacht so etwas wie Sehnsucht. Sie weiß mit dem Gefühl nichts anzufangen, es ist einfach da. Ich winke ihr zu, sie ist meine Komplizin, sie wünscht mir Glück.

An der Haltestelle bin ich alleine, niemand wartet. Das fahle Licht des Wartehäuschens stimmt mich melancholisch. Ich spüre, wie die Wirkung des Alkohols allmählich nachlässt, meine Euphorie verliert an Kraft.

Aus der Tiefe meines Unterbewusstseins meldet sich eine

Stimme. Ich bin schon lange mit dieser Stimme vertraut, wusste, dass sie mich nicht in Ruhe lassen würde. Es fällt schwer, sie zu ignorieren. Ich versuche es erst gar nicht. Durch den Restschleier des Alkohols verschafft sie sich Gehör.

Handy vergessen, Uhr vergessen – und dann dieser dämliche Rucksack!

Bist du eigentlich bescheuert? Du hast die Schlüssel in der Wohnung gelassen, weißt hoffentlich, was das bedeutet? Schlüsseldienst! Spät in der Nacht. An einem Sonntag. Das wird teuer! Schlafen kannst du vergessen. Die Präsentation an der Uni morgen früh wird ein müder Spaß, dein Kollege Aubauer vom Dekanat wartet doch nur darauf, dass so etwas passiert. Bist du denn vollkommen bekloppt?

Ich ringe nach Luft, so heftig habe ich die Stimme nicht erwartet, sie flutet mein Gehirn mit einem Kübel voller Vernunft.

Ich darf jetzt nicht schwach werden, muss mich ablenken, muss versuchen, die Stimme zurückzudrängen.

Mein Blick fällt auf ein Werbeplakat. Als ich genauer hinschaue, ist es die Neuerscheinung eines Buchs. Ein Roman von Stephen King, dem Meister der Schauergeschichten. Es heißt, er entwickelt seine Erzählungen erst während des Schreibens. Ich versuche mir vorzustellen, wie Kings Alltag aussieht.

Früh morgens geht er in die Fleischerei einkaufen. Der Metzger blinzelt ihm zu, reicht ihm ein Sandwich mit hauchzartem, hellrosa Fleisch über die Theke. Es duftet frisch, ist noch blutig, das Tier kann noch nicht lange tot sein. Kings Blick streift durch den Laden. Er sucht nach der Frau des Metzgers, die ihn sonst immer bedient. Er erinnert sich, dass die beiden gestern einen heftigen Streit miteinander hatten.

Obwohl es mich gruselt, muss ich schmunzeln, die Stimme der Vernunft ist verstummt.

»Entschuldigen Sie bitte«.

Ich erschrecke, wende mich mit eingezogenem Hals langsam um. Vor mir steht ein kleines Mädchen, das mit großen Augen zu mir aufschaut. Ihre Haare sind hellblond, sie trägt ein knielanges, blütenweißes Kleid.

Ich ordne meine Gesichtszüge, hoffe, dass sie mir nicht anmerkt, welch einen Schrecken sie mir eingejagt hat. Doch sie entschuldigt sich mit einem verschämten Lächeln. Es ist mir unangenehm, ich versuche zu lächeln.

»Ich muss zum Hauptbahnhof«, bricht es aus ihr heraus. Im fahlen Licht der Haltestelle leuchten ihre Haare wie ein Heiligenschein.

Ich bin verwirrt. Wer ist dieses Kind? Was macht es mitten in der Nacht alleine an der Haltestelle? Wo sind ihre Eltern oder Verwandte?

»Was willst du am Hauptbahnhof?«, entscheide ich mich für eine einfache Frage.

In ihr Lächeln mischt sich die Sorge, ich könnte ihren Wunsch ablehnen. Rasch antwortet sie: »Meine Mutter wartet dort auf mich.«

»Deine Mutter wartet am Hauptbahnhof auf dich?« Es fällt mir schwer, meine Überraschung zu verbergen. Sie nickt eifrig, als wäre ihre Antwort die normalste Sache der Welt.

»Eigentlich wollte mich Oma zum Bahnhof bringen, aber Oma ist müde. Ich habe ihr gesagt, sie muss das nicht tun, ich bin schon alt genug und schaffe das auch alleine«, erklärt sie.

»Und deine Mutter weiß davon?«

Sie lächelt verschmitzt: »Das sieht die Mama dann schon, wenn ich aussteige.«

Ich bin beeindruckt, sie ist mutig, ein Mädchen von höchstens zehn Jahren.

Ich zögere. Die Stimme der Vernunft meldet sich, mahnt, es bei diesem sonntäglichen Kurzabenteuer zu belassen, den sinnlosen Ausbruchsversuch aus meinem Leben endlich zu beenden.

»Was ist jetzt?«, fragt das Mädchen, ihr Lächeln hat an Sicherheit verloren.

»Ich will vielleicht gar nicht mehr zum Bahnhof«, sage ich.

»Und wieso stehst du dann an der Haltestelle?«

Ich überlege, etwas zu erwidern? Ich könnte versuchen, ihr meinen Standpunkt zu erklären, allerdings müsste ich dazu erst einmal einen haben.

Ich habe keinen.

Einerseits ist da diese innere Überzeugung, endlich mit meinem alten Leben zu brechen. Zweifelsohne war das einfacher, als der Rotwein noch wirkte. Allerdings ist da auch die andere Stimme, die Stimme der Vernunft, die mir einredet, mich zurück in meinen bequemen Sessel zu setzen, mein Gehirn auszuschalten und fernzusehen.

Die Kleine schaut mich mit erwartungsvollen Augen an. Ich bin zu durcheinander, um eine Geschichte zu erfinden, also entscheide ich mich für eine ehrliche Antwort: »Ursprünglich wollte ich zum Bahnhof, mittlerweile bin ich mir aber nicht mehr sicher.«

Sie sieht mich an, überlegt einen Moment, dann legt sich ein verständnisvolles Lächeln über ihr Gesicht: »Du hast Angst«, ruft sie: »Ich kenne das.«

Ich schaue sie entgeistert an, meine Gesichtszüge entgleiten mir. Das Kind hat Recht, was sie sagt ist wahr, eine unumstößliche, aus kindlicher Naivität erwachsene Wahrheit. In diesem Augenblick zerplatzt mein Ausredenkonstrukt wie eine Seifenblase, in die jemand mit einer Nadel hineingestochen hat. Auf der Suche nach der Wahrheit habe ich Angst, die Wahrheit tatsächlich zu finden.

»Ich kann dich ja zum Bahnhof bringen«, sagt sie: »Dann

musst du keine Angst haben.«

Ich verbeiße mir ein Schmunzeln, verdaue die Erkenntnis meiner Angst vor der Wahrheit. Bis vor wenigen Minuten war ich noch leidenschaftlich davon überzeugt, das Richtige zu tun, getrieben von der Erleuchtung des gestrigen Abends, von der ich glaubte, dass sie mir endgültig die Augen geöffnet hatte.

Ich deckte mich in meinem Tabakladen mit der üblichen Wochenendration Zigaretten ein. Ashwant, der Besitzer des Kiosks, stand hinter der Theke, als ich in meinem Rücken eine Stimme hörte.

»Ist er das?«

Ashwant nickte und ein schmächtiger Mann trat neben dem Ständer mit den Glückwunschkarten hervor. Seine schlohweißen Haare hoben sich auffallend von seiner dunklen Hautfarbe ab. Er lächelte, streckte mir seine Hand entgegen. Ein wenig verwirrt schüttelte ich sie.

»Lassen Sie uns doch einen Moment Platz nehmen«, er deutete zur Sitzecke, in der ich mit Ashwant manchmal sitze, wenn wir Zeit finden, über das Leben zu philosophieren.

Ashwant schloss die Ladentür ab und verschwand in die Küche.

Schweigend nahm ich Platz.

»Du weißt, dass du hier rauchen darfst«, sagte Ashwant, als er mit einer Kanne Tee zurückkam.

Rasch angelte ich mir eine Gauloises aus der Packung, zündete sie an. Ich hielt dem Alten die Schachtel hin, er lehnte dankend ab.

»Das ist mein Onkel Hardeep«, sagte Ashwant: »Ich glaube, ich habe dir schon von ihm erzählt.«

Ich nickte, ohne mich allerdings an den Namen zu erinnern.

»Mein Onkel kam vor vielen Jahren aus Indien nach Deutschland. Heute lebt er in Freiburg, lehrt dort an der Universität. Es ist schon einige Zeit her, dass er mich das letzte Mal besucht hat.«

Ashwants Onkel erwiderte seine Vorstellung mit einem ehrerbietigen Gruß. Ich zog an meiner Zigarette, musterte ihn.

»Was unterrichten Sie?«, fragte ich.

»Indische Mythologie«, antwortete er.

Beeindruckt zog ich die Augenbrauen nach oben.

»Ich habe ihm erzählt, dass du hier an der Universität Soziologie dozierst«, sagte Ashwant: »Er weiß auch, dass du auf der Suche nach Antworten bist.«

»Was hast du ihm sonst noch erzählt?« Meine Frage klang ein wenig misstrauischer, als beabsichtigt.

»Dass Sie auf der Suche nach der Wahrheit sind«, meldete sich Ashwants Onkel zu Wort.

»Nach der Wahrheit«, sagte ich, überrascht, dass Ashwant ihm davon erzählt hatte. »Nun, zuerst einmal versuche ich, die richtigen Fragen zu stellen«, schwächte ich ab.

Er lächelte: »Dabei tragen Sie Ihre Wahrheit bereits in sich.«

»Meine Wahrheit?«, fragte ich verwundert.

»Ihre Wahrheit«, bestätigte er. »Wahrheit ist niemals absolut, sie ist immer subjektiv, geprägt durch unsere Erfahrungen und Werte. «Er lächelte nachsichtig: »Schauen Sie, für jemanden, der sein Leben bisher nur in Paris lebte, ist der Eiffelturm etwas Einzigartiges, Außergewöhnliches, für einen Kosmopoliten allerdings, der weit in der Welt herumgekommen ist, ist er nur eine Attraktion unter vielen.« Er lässt seine Worte einen Moment nachwirken, dann ergänzt er: »Unsere persönliche Wahrheit ist der Kompass unseres Lebens, ordnet unsere Erkenntnisse und verleiht uns einen Sinn.« Ich überlegte, dachte an die letzten Wochen und Monate, während denen ich versucht hatte, mich selbst zu finden. Je mehr ich über mich nachdachte, desto stärker verlor ich mich in einer finsteren Gedankenwelt.

»Ich möchte Ihnen eine Geschichte aus meiner Heimat erzählen. Sie wird Ihnen gefallen.«

Er warf einen Blick zu Ashwant, der ihm zuzwinkerte, dann begann er zu erzählen.

»In meiner Kindheit gab es einen Maharadscha, ein aufrichtiger Mann, der seine Untertanen mit Respekt behandelte. Er beschloss, einen Göttertempel zu errichten, zu dessen Einweihung er einen großen Jahrmarkt veranstaltete. Überall aus dem Land strömten fliegende Händler herbei und boten ihre Waren an. Der Maharadscha versprach, alles, was bis zum Abend nicht verkauft worden war, selbst aufzukaufen, damit niemand einen Verlust erlitt. Unweit von meinem Elternhaus lebte ein Tischler, dessen Frau für ihre Habgier und Boshaftigkeit bekannt war. Sie überredete ihren Mann, eine Teufelsfigur zu schnitzen, die sie anschließend mit roter Farbe bemalte und die ihr Mann auf dem Markt anbieten sollte. Schnell erregte die Figur Aufmerksamkeit. Doch als die Leute sahen, wen sie darstellte, liefen sie rasch auseinander. Als am Abend die Verwalter des Maharadschas kamen, weigerten sie sich, dem Tischler die Teufelsfigur abzukaufen, auch dem Maharadscha rieten sie davon ab. Der aber erinnerte daran, dass er sein Wort gegeben hatte, alles, was bis zum Abend nicht verkauft worden war, selbst aufzukaufen. So wurde die Teufelsfigur in den Palast gebracht und in einer dunklen Nische aufgestellt. Kaum war sie im Haus, verfielen die Bediensteten in Angst und Schrecken, auch der Maharadscha zog sich besorgt in seine Gemächer zurück. Als er am nächsten Morgen durch sein Schloss streifte, sah er eine Gestalt auf den Ausgang zusteuern. »Wartet. Wer seid ihr? Warum verlasst ihr meinen Palast?«, fragte der Maharadscha. »Ich bin die Göttin des Reichtums. Ich kann nicht länger in deinem Palast wohnen bleiben, denn hier lebt jetzt der Teufel.« Der Maharadscha senkte den Kopf: »Das bedauere ich sehr, doch ich kann Euch nicht aufhalten.« Ein paar Tage später sah er erneut jemanden am Ausgang. »Wer seid ihr? Wohin geht ihr?«, fragte der Maharadscha. »Ich bin der Gott des Glücks und des Wohlstands. Es ist mir unmöglich, an einem Ort zu bleiben, wo sich der Teufel niedergelassen hat.« Und so verließ ein Gott nach dem anderen den Palast. Der Maharadscha war am Boden zerstört, doch er hatte sein Wort gegeben, war bereit, auch die härtesten Qualen auf sich zu nehmen, um es nicht zu brechen. Entmutigt schlich er durch die Gänge seines Palastes, als er sah, wie sich eine beeindruckende Erscheinung dem Ausgang näherte. »Wer seid ihr? Warum verlasst ihr mich?«, fragte er. »Ich bin der Gott der Wahrheit. Der Teufel hat sich in diesem Schloss niedergelassen. Wie all die anderen Götter, werde auch ich den Palast verlassen.« Der Maharadscha ergriff die Hand des Gottes: »Nicht Ihr! Euretwegen habe ich doch all die Qualen nur auf mich genommen. Wenn Ihr mich nun ebenfalls verlasst, war alles umsonst.« Der Gott der Wahrheit zögerte. Tatsächlich hatte der Maharadscha alle Mühen nur ertragen, um ihm, dem Gott der Wahrheit, zu dienen. Nach einer Weile sprach der Gott der Wahrheit: »Es ist wahr, Du hast alles aufgegeben, um an mir festzuhalten. Dafür werde ich Dich belohnen und in Deinem Palast wohnen bleiben.« Der Maharadscha sank auf die Knie und küsste dem Gott der Wahrheit die Füße. Rasch sprach sich die Nachricht im Reich herum. Als die anderen Götter erfuhren, dass der Gott der Wahrheit im Palast wohnen blieb, kehrte einer nach dem anderen zum Maharadscha zurück.«

»Hey, du«, die Stimme des Mädchens reißt mich aus meinen Gedanken. »Schau, da kommt sie«, sie deutet mit dem Finger in Richtung Straßenbahn. »Du kommst doch mit mir zum Bahnhof, oder?« Sie nimmt meine Hand, sieht mich mit ihren großen Augen an. Ein Engel, der geschickt wurde, mir den Weg zu weisen. Es wird Zeit, meine Unzufriedenheit, an die ich mich bereits so sehr gewöhnt habe, endlich gegen neue Erkenntnisse zu tauschen.

Am Hauptbahnhof wartet eine junge Frau. Sie lächelt, als ich mit dem Mädchen aus der Straßenbahn aussteige. Die beiden laufen aufeinander zu und umarmen sich. Die Mutter wirft mir einen dankbaren Blick zu. Für einen Augenblick überlege ich, ob ich ihr sagen soll, dass ich es eigentlich bin, der dankbar ist. Der blonde Engel schenkt mir zum Abschied ein Lächeln. Dann nimmt sie ihre Mutter bei der Hand und die beiden tauchen in die Schatten der umstehenden Gebäude ein.

Ich sehe hinauf zum Turm des Bahnhofsgebäudes. Die Zeiger der Uhr stehen auf halb zwölf, noch dreißig Minuten bis Mitternacht. Hoffentlich fährt um diese Zeit überhaupt noch ein Zug. Wohin ist mir egal.

Kaum jemand ist noch unterwegs, die Geschäfte sind geschlossen, die Schaufenster dunkel. Ab und zu huscht eine verlorene Gestalt über die Flure der Bahnhofshalle. Ich verspüre ein Kribbeln im Bauch, die Sehnsucht nach dem Unbekannten.

Meine Großmutter erzählte mir oft von den ersten italienischen Gastarbeiterfamilien, die sich sonntags, wenn die Fabriken geschlossen hatten, auf dem Bahnsteig trafen, um den Zügen in Richtung ihrer Heimat hinterher zu schauen. Von dieser Romantik ist nicht viel geblieben, heute ist der Bahnhof nur noch ein Ort reiner Funktionalität.

Ich blicke zur Anzeigetafel, die ihre wenigen matt leuchtenden Informationen kundtut. Innerhalb der nächsten halben Stunde fahren zwei Züge, ein Schnellzug nach Stuttgart und ein Regionalzug nach Frankfurt am Main. Danach fährt der nächste Zug erst wieder um vier Uhr morgens. Das ist mir zu spät, ich will von hier verschwinden, kein Risiko eingehen, bevor ich es mir doch noch anders überlege.

Die bescheidene Auswahl an Zielen durchkreuzt meine hochtrabenden Reisepläne. Widerwillig rufe ich mir Bilder

der beiden Städte vor Augen. Auf Stuttgart habe ich überhaupt keine Lust. Das Schwabenland ist nicht das, was ich mir unter revolutionärem Aufbruch vorstelle.

Also bleibt mir keine Wahl. Ich ziehe das Ticket am Automaten, steige die Treppe zum Bahnsteig hinunter. Kaltes Neonlicht empfängt mich, die ansonsten ständig knarzenden Lautsprecher bleiben stumm.

Auf der kleinen elektronischen Tafel am Bahnsteig leuchten die Städtenamen Frankfurt und Stuttgart. Der Zug nach Frankfurt ist als Erstes angekündigt. Die Finanzmetropole am Main ist zwar nicht unbedingt der Ort, den ich mir für meine Suche nach der Wahrheit ausgesucht hätte, allerdings will ich jetzt nicht anfangen, darüber nachzugrübeln.

Ich fische ein Fläschchen Jack Daniels aus meinem Rucksack. Seit ich ein paar dieser kleinen Flaschen auf einer Dienstreise aus der Minibar habe mitgehen lassen, warten sie darauf, getrunken zu werden. Der Alkohol tut gut, wärmt meinen Magen.

Aus dem Treppenschacht ertönen Schritte, jemand hetzt die Stufen hinab. Kurz darauf eilt eine Gestalt in meine Richtung, beide Hände in die Taschen seines Mantels vergraben. Der Mann läuft an mir vorbei und wirft mir einen prüfenden Blick zu. Ein paar Meter weiter bleibt er stehen, schaut zur Anzeigetafel und zieht ein Mobiltelefon aus der Tasche.

Ich stecke das leere Whisky-Fläschchen in die Jackentasche.

Er steht mit dem Rücken zu mir und telefoniert. Das Neonlicht der Hallendecke spiegelt sich auf seinen polierten Lederschuhen.

Obwohl ich nicht hinhöre, dringen ein paar Gesprächsfetzen an meine Ohren.

»Ja, ja ... ich bin unterwegs ... warum muss ich mich immer selbst um alles kümmern ... ich habe euch hundertmal erklärt, wie das funktioniert ... nein, nicht nur dem Karel, auch dir, ich hab's überhaupt allen erklärt ... die Chinesen sind nun mal ein paar Stunden früher wach als wir.«

Für einen Augenblick sieht er zu mir. Ich wende mich ab, sehe zur Anzeigetafel. Noch drei Minuten, bis der Zug einfährt.

»Also ... alles Vorbereiten ... ich komme in einer halben Stunde am Bahnhof an ... was? ... natürlich am Hauptbahnhof ... du Idiot ... und dass mich bloß einer von euch Brüdern abholt.«

Er verstummt, ich höre Schritte, sie nähern sich.

»Na, der Herr, ich hab' das Fläschchen gesehen. Kleine Stärkung vor der Reise, oder was?«, dröhnt eine selbstbewusste Stimme über den Bahnsteig. Der feiste Typ in seinem eleganten Mantel, dem künstlich gebräunten Gesicht und den gegelten Haaren will mich doch wohl nicht in ein Gespräch verwickeln, auf das ich so überhaupt keine Lust habe.

Sein Finger deutet auf meine Jackentasche, in die ich das Whiskey-Fläschchen habe verschwinden lassen.

»Würde dir ja gerne Gesellschaft leisten, der Herr«, er lacht: »Aber für die Chinesen brauch' ich einen klaren Kopf, das sind harte Burschen.«

Ich nicke, ziehe flüchtig die Mundwinkel nach oben. Er wird die knappe Geste doch hoffentlich richtig deuten und mich in Ruhe lassen.

»Mit den Chinesen hab' ich schon lange zu tun. Aber seit vier Monaten mach' ich das auf eigene Rechnung. Davor war ich Händler. Far-East-Asia. Aktien, Commodities, Futures, Swaps. Den ganzen Scheiß, rauf und runter.«

Er bringt eine Packung Zigaretten und ein protziges Feuerzeug zum Vorschein, hält mir die Schachtel hin. Ich lehne ab, noch immer habe ich die Hoffnung nicht aufgegeben, dass er mich gleich wieder in Ruhe lässt.

Er deutet auf ein Verbotsschild, sieht sich um, zündet die Zigarette an.

»Die Bilder der Überwachungskameras schaut sich sowieso keiner an«. Er lacht:»Außerdem, was soll's. Wenn du schon Schiss hast, am Bahnsteig eine zu rauchen, dann solltest du alles andere auch besser lassen.«

Er schaut auf seine Armbanduhr, sie ist genauso protzig wie das Feuerzeug. Ich nutze die Gelegenheit, schiele zur Bahnhofsuhr.

Noch eine Minute bis der Zug einfährt, danach habe ich hoffentlich meine Ruhe.

»Trader sein, war okay, ewig kannst du das allerdings nicht machen, es macht dich kaputt.«

Seine Körperfülle, das gebräunte Gesicht und die gefärbten Haare machen es schwierig, sein Alter zu schätzen. Die dunklen Augenringe lassen ihn älter wirken. Ich lege mich auf Anfang vierzig fest.

»Als Trader hast du keine Freunde. Wenn du unbedingt einen Freund brauchst, dann kauf' dir 'nen Hund. Aber für den hast du auch keine Zeit.«

Der Lautsprecher knarzt, eine Automatenstimme kündigt den Regionalzug nach Frankfurt an.

Endlich.

Ich heuchle ein Lächeln, nicke kurz; Danke für das Gespräch, aber ich muss jetzt los: Ich hoffe, er versteht das.

Der Zug fährt ein, die Türen öffnen sich. Ich beeile mich einzusteigen, ohne mich zu verabschieden.

Im Abteil bin ich der Einzige. Um diese Zeit war das zu erwarten, ich nehme den Fensterplatz. Die Türen schließen, der Zug setzt sich in Bewegung und rollt aus dem Bahnhof. Es regnet, die Tropfen wabern die Scheibe entlang. Das Licht im Wagen ist gedämpft, die Sitzpolsterung angenehm, entspannt lehne ich mich zurück.

»Da bist du ja, mein Herr. Hab' schon nach dir gesucht«.

Ich erschrecke, die Stimme überfällt mich aus dem Dunkeln. Er schiebt seinen massigen Körper an mir vorbei, klopft das Polster ab und lässt sich mit einem zufriedenen Grunzen auf dem Sitz mir gegenüber nieder. Keinerlei Entschuldigung, kein Anflug eines Zweifels, mich zu stören, stattdessen grinst mich sein braungebranntes Gesicht an.

»Wolltest dich wohl verstecken, um deine kleinen Fläschchen alleine zu zwitschern. Keine Chance, einem Jurek Bender entkommt man nicht«, lacht er. Sein durchdringender Blick haftet an mir, als wolle er mir sagen, ich solle erst gar nicht versuchen, ihn abzuschütteln, es hätte sowieso keinen Sinn.

»Du scheinst mir nicht auf Vergnügungsreise zu sein, zur Arbeit fährst du aber auch nicht.«

Ich schweige. Er besteht nicht auf eine Antwort, stattdessen deutet er mit dem Daumen auf seine Brust.

»Ich muss arbeiten, die Chinesen warten nicht, die haben einen anderen Appetit als wir Europäer. Die nehmen sich einfach, was sie wollen.«

Er presst die Lippen aufeinander, nickt: »Ja, mein Herr, so sind sie, die Chinesen.«

Mit einem prüfenden Blick versichert er sich meiner Aufmerksamkeit.

»Ich hab' mir alles alleine aufgebaut, die Chinesen vertrauen mir.«

Er lacht: »Aber der Jurek Bender, der vertraut niemandem.«

Er schaut aus dem Fenster. Ich nutze die Gelegenheit, ihn gründlicher in Augenschein zu nehmen. Der Anzug unter seinem Mantel ist abgetragen, die Sohlen seiner Lederschuhe abgelaufen, am Mittelfinger steckt ein breiter, goldener Ehering.

Er bemerkt, dass ich ihn mustere. Es stört ihn nicht, im

Gegenteil, er versteht es als Kompliment.

»Niemandem zu vertrauen, liegt bei uns in der Familie. Das ist sozusagen unser oberstes Gebot.«

Er überlegt kurz, ob er das erklären soll:»Meine Eltern sind nach dem Krieg mit meinen Großeltern vor den Russen geflohen. Heimatvertriebene aus dem Sudetenland. Mein Alter hat davon heute noch ein Trauma, obwohl er keine zehn Jahre alt war. War 'ne scheiß' Zeit. Hart gegen dich selbst musstest du sein und keine Gefühle durftest du zeigen. Und in deiner neuen Heimat triffst du nur auf Fremde. Alle sind sie fremd, sind es bis heute geblieben.« Er schüttelt den Kopf:»Ich weiß nicht, wie oft mir mein Alter von seiner alten Heimat erzählt hat. Von den Menschen dort, die alle viel besser sind, als die Leute in Deutschland. Hier ist er nie wirklich angekommen.«

»So what?« Er hebt die Hände:»Sind wir nicht alle nur von Fremden umgeben? Fremde, die unsere Freunde sind, und Fremde, denen wir scheißegal sind.«

Er legt die Stirn in Falten, sein Lächeln ist verhaltener als zu Beginn unserer Unterhaltung.

»Mein Alter hat nicht gern gearbeitet. Die meiste Zeit hat er sich hinter irgendwelchen Wehwehchen versteckt, wir lebten von der Stütze. Ab und zu hat er mal auf'm Bau ausgeholfen, aber nur, wenn er sich sicher war, ein paar seiner alten Landsleute zu treffen. Das bisschen Geld, das er verdiente, hat er gleich wieder versoffen. Alleine oder mit seinen Kumpels, Emigranten, Fremde, so wie er selbst einer blieb.

Meine Mutter hat mich und meine kleine Schwester durchgebracht. Sie hielt die Familie zusammen. Von früh morgens bis spät abends saß sie an der Kasse. Beim Aldi.

Das Geld hat hinten und vorne nicht gereicht. Hanna, meine kleine Schwester, und ich blieben den ganzen Tag alleine.

In unserem Hochhausghetto, sozialer Wohnungsbau.

Aber alle Kinder im Ghetto waren Tag und Nacht alleine. Irgendein Problem hatten die Alten immer, Alkohol, Tabletten, Prügeleien, Scheidung oder Betrug. Ghettoalltag eben.«

Seine Züge sind gespannt. Es ist eigenartig, dieses gebräunte Gesicht konzentriert zu sehen, es passt nicht zusammen.

»Warum erzähle ich dir das eigentlich alles?« Er schüttelt den Kopf, schaut mich durchdringend an: »Vielleicht weil ich das Gefühl habe, dass du etwas damit anfangen kannst.«

Ich taste nach meinem Rucksack, fische zwei Minifläschchen Glenfiddich heraus.

Eine der Flaschen halte ich Bender hin. Im ersten Moment ist er überrascht, doch dann nimmt er mir das Fläschchen mit einem dankbaren Nicken aus der Hand.

Wir schrauben die Deckel ab, er leert die Flasche in einem Zug, wischt sich mit dem Handrücken über die Lippen.

»Gute Idee. Vielleicht die beste Idee des Abends«, sagt er.

»Eines Tages kam Hanna zu mir«, nimmt er den Faden wieder auf: »Sie war schwanger. Mit sechzehn Jahren schwanger. Ein Algerier aus dem Ghetto. Angeblich hatte sie sich in ihn verliebt. Mein Vater und meine Mutter waren dagegen, wollten nicht, dass sie das Kind bekam. Ich glaube, dass der Algerier das Kind auch nicht wollte. Hanna war den ganzen Tag nur noch am Heulen, erzählte jedem im Block, dass sich niemand für sie und das Baby interessiere.«

Er schüttelt den Kopf, denkt nach, sein Gehirn produziert Bilder seiner Schwester.

»Die Familie des Algeriers hat Hanna dann einfach zu sich geholt. Ohne irgendjemanden zu fragen. Mein Vater und meine Mutter überlegten, was sie tun wollten. Am Ende taten sie nichts, protestierten nicht einmal. Wahrscheinlich hatten sie Angst vor den Algeriern, es waren zu viele. Ich weiß gar nicht, ob Hanna wirklich zu der Familie ziehen wollte. Ich hab' sie nie gefragt, als ich noch die Möglichkeit dazu hatte.«

Benders Blick wandert gedankenverloren zum Fenster. An der Scheibe perlen die Regentropfen ab, das Licht einer Siedlung bricht sich im Glas.

»Es dauerte lange, bis ich Hanna wiedersah. Es war das letzte Mal, dass wir uns begegneten. Sie schob einen Kinderwagen, ebenso wie die beiden anderen Mädchen, die sie begleiteten. Sie trug ein Kopftuch. Ich glaube, sie lächelte, als sie mich erkannte, genau weiß ich es nicht mehr.«

Er zuckt mit den Achseln.

»Seitdem ist meine Mutter verstört, mein Vater kaum noch Zuhause, säuft nur noch mit seinen Kumpels. Wir sind keine Familie mehr, wir sind Fremde. Nicht mehr nur Fremde in einem fremden Land, auch Fremde in der eigenen Familie.«

Ich muss an einen Roman von Houellebecq denken. Die Geschichte endet damit, dass sich der vom Leben desillusionierte Protagonist in eine Wohnung im Pariser Banlieue zurückzieht. Umgeben vom ereignislosen Leben seiner Nachbarn, gibt er sich seinen Depressionen hin.

Obwohl ich Jurek Bender gerade erst kennengelernt habe, nur wenig von seiner Welt weiß, verstehe ich, dass seine Prinzipien andere sind, ebenso wie die Menschen in seinem Leben, deren Werte ebenfalls andere sind. Warum er mich ausgewählt hat, seine Geschichte zu erzählen, weiß ich nicht. Es scheint, dass ich etwas in ihm wachrufe, dass ihm das Gefühl vermittelt, mir vertrauen zu können. Anfänglich bemühte er sich noch, seine Unsicherheit hinter übertriebener Selbstsicherheit zu verbergen. Mittlerweile ist sie einer Glaubwürdigkeit gewichen, die seine wahren Empfindungen spiegelt.

»Nachdem ich meinen Realschulabschluss in der Tasche hatte, wollte ich nur noch raus aus dem Ghetto.

Milan Cerna stammte aus demselben Dorf wie mein Vater. Er wohnte im Nachbarblock und arbeitete als Hausmeister bei der Commerzbank. Er fühlte sich für mich verantwortlich. Warum, weiß ich bis heute nicht, vielleicht, weil er keine eigenen Kinder hatte.

Im Gegensatz zu meinem Vater war er jemand, der sein Leben ernst nahm, schon alleine deswegen, weil er in allem, was er tat, einen Sinn sehen musste.

Eines Tages rief er mich zu sich, erzählte mir, dass seine Bank Lehrlinge sucht, ich sollte es doch einmal versuchen. Er kenne jemanden, dem er meinen Lebenslauf zeigen könne.

Dann geschah etwas, das mir in meinem Leben bis dahin noch nie passiert war. Cerna sagte, er halte mich für intelligent, er traue mir etwas zu. Ich wusste im ersten Moment nicht, womit ich das verdient hatte, wie ich damit umgehen sollte. Lob war etwas, das ich nicht kannte. Mit dieser Intelligenz müsse man etwas anfangen, erklärte Cerna. Im Ghetto spiele sie keine Rolle, um hier zu überleben, brauche es Härte und Bosheit.«

Bender schmunzelt gedankenverloren: »Cerna und diese Sache mit der Intelligenz gingen mir nicht mehr aus dem Kopf. Ein Lehrer aus meiner Schule half mir, ein Bewerbungsschreiben aufzusetzen, Cerna brachte es zur Bank.

Ich bin ihm bis heute dafür dankbar. Es war mir wichtig, ihn nicht zu enttäuschen. Er hatte mich als intelligent bezeichnet, ein Ehrentitel, der mich anspornte, dem Ghetto zu entfliehen. Weg von diesen Losern, ihren frühen Vaterschaften, dem ständigen Alkohol und der ewigen Bescheißerei.«

Bender lacht, laut, zu laut. Für einen Augenblick scheint es, als flamme seine schwülstige Selbstsicherheit erneut auf, doch schnell werden seine Gesichtszüge wieder ernst.

»Die haben mich bei der Bank tatsächlich genommen. Ich konnte es kaum glauben, aber da war sie, meine Chance. Die erste Woche führte man uns durch die verschiedenen Abteilungen, ich sah den Handelsraum, vollgepackt mit Technik, riesigen Bildschirmen, Leuten voller Energie und Gier nach Erfolg. Ich wusste sofort, dass ich hier am richtigen Ort war. Man machte mich zu einer Art Botenjungen, ich musste die *Orders* bei den *Tradern* abholen. Sobald die *Deals* abgeschlossen waren, gab ich sie in die Systeme ein.

Es war mir egal, ob die Händler sich über mich lustig machten, mich schikanierten, im Handelsraum zu arbeiten war genau das, was ich wollte. Hier wurde das große Geld gemacht, das Big Money und ich war mittendrin. Geschäfte abschließen, nie zu wissen, ob du mit deiner Entscheidung richtig liegst, das ist Adrenalin pur. Du atmest Kerosin, einen Tag machst du Gewinne, den Nächsten schmorst du in der Hölle.

Ich zog nach Frankfurt, wollte nah bei der Bank wohnen. Ein winziges Appartement mit Kochnische und Bett.«

Bender sieht mir in die Augen, versucht auszuloten, ob ich etwas von dem verstehe, was er erzählt. Ich sehe ihm an, dass er darauf keine Antwort findet, also spricht er einfach weiter.

»Nach drei Jahren bekam ich endlich meine Chance. Ein kleines Portfolio, asiatische Aktien, für die ich als Junior Händler zuständig war.

Asien war angesagt, der Markt der Zukunft. China ließ die Handelsschranken fallen, der Aufstieg des Landes riss den gesamten Markt mit nach oben. Mein Portfolio wuchs.«

Wieder sieht er mir in die Augen, doch dieses Mal liegt mehr Nachdruck in seinem Blick.

»Kennst du dich mit Aktienhandel aus?«

Ich schüttele den Kopf. Natürlich weiß ich, das Unternehmen Aktien herausgeben, die an der Börse gehandelt werden. Die Wertpapiere können steigen oder fallen. Aber vermutlich beantwortet das nicht seine Frage.

Er nickt, meine Unkenntnis überrascht ihn nicht.

»Aktienhandel. Viel Information, wenig Konkretes. Keiner weiß wirklich, ob die Kurse steigen oder fallen werden. Solange du richtig liegst, lässt dich die Bank in Ruhe. Im Handelsraum gab es einen Kollegen, der ausschließlich karierte Anzüge trug, dazu bunte Hemden und ausgefallene Fliegen. Er war das Klischee eines Briten, obwohl er keiner war. Jeden Morgen, nachdem er seinen Tee aufgebrüht hatte, schlug er Seite drei der *Sun* auf. War das Pin-up-Girl an diesem Tag blond, wettete er auf steigende Kurse, war sie brünett, setze er auf fallende Kurse.

Von diesen schrägen Vögeln gab es Dutzende, der Erfolgsdruck ist enorm, um nicht durchzudrehen, schaffst du dir ein Ventil.

Ich hatte Glück, machte Gewinne, fette Gewinne.

Es dauerte nicht lange, bis die anderen Händler meine Strategien kopierten.

Schau dir den Jurek Bender an, der macht das schon, lästerten die Kollegen auf den Fluren.

Ich hatte eine unfassbare Glückssträhne, verdiente einen Arsch voll Geld. Der Vorstand begann mich zu hofieren.«

Benders Blick geht durch mich hindurch, sein Gesicht ist ein einziges, breites Grinsen.

»Jurek Bender, der erfolgreiche Händler. Die Zeit im Ghetto spielte keine Rolle mehr, ich hatte sowieso niemandem in der Bank davon erzählt. Nach und nach verdrängte ich meine Jugend aus meinem Gedächtnis.

Alle glaubten an mich, ich verdiente einen Haufen Geld und gab es aus. Ich kaufte eine Penthouse Wohnung am Main mit Blick auf die Skyline der Stadt. Tagsüber scheffelte ich Geld, nachts zog ich durch die Bars. Fast jede Woche veranstaltete ich Partys in meiner Wohnung. Die Händler aller Frankfurter Banken umschwirrten mich wie Fliegen das Licht. Überall hörte ich sie flüstern; der Jurek Bender, der hat es geschafft. Die Weiber lagen mir zu Füßen, Frauen, von denen ich früher nicht einmal zu träumen wagte. Blonde, Brünette, Rothaarige, schlank, lange Beine, große Brüste.

Ich nahm alles mit, was ich kriegen konnte. Orgien zu dritt, zu fünft, zu zehnt. Wenn mir die Puste ausging, warf ich Tabletten ein oder zog eine *Line*.

Ich hatte Zugang zu allem, für alles hatte ich meine Leute. Mein Leben kannte nur eine Richtung, nach oben.«

Im nächsten Augenblick verstummt er. Irgendwie ahne ich, was er mir gleich erzählen wird. Diese Geschichten enden alle immer auf dieselbe Weise, der tiefe Fall nach dem steilen Aufstieg.

Benders Blick ist nervös, sein Gesicht angespannt, Daumen und Zeigefinger spielen mit dem Ehering.

Er starrt mich an.

»Mireille.«

Seine Augen sind weit aufgerissen, er hat Schwierigkeiten, seine Gedanken zu ordnen, ringt nach Luft, sucht nach den richtigen Worten.

»Es war auf einer meiner unzähligen Partys«, flüstert er. »Der Morgen dämmerte über den Dächern der Stadt herauf. Die meisten Gäste waren bereits gegangen, vollgepumpt mit Alkohol und Drogen. Überall auf den Fensterbänken standen leere Champagnerflaschen, in der Luft hing der Geruch von Schweiß und Parfum.

Ich stand mit Greg Pope draußen auf der Dachterrasse. Greg war Amerikaner, wurde von allen nur das *Brain* genannt, weil er in der Lage war, siebzehn Algorithmen gleichzeitig zu berechnen.

Greg stammte aus Chicago, arbeitete seit einem halben Jahr

mit mir zusammen. Mit seiner dicken Hornbrille, dem fahlen Teint und der altmodischen Garderobe nahm man nicht an, dass er etwas vom Feiern verstand.

Aber Greg konnte saufen wie ein Maurer, zu jeder vollen Stunde verschwand er auf die Toilette und rollte einen Geldschein.

An diesem Abend hatte er zu viel getrunken und zu viel gekokst. Er klammerte sich an die Brüstung, bemüht, sein Gleichgewicht zu halten.

Ich mochte Greg, also kümmerte ich mich um ihn.

Du gehst jetzt besser nach Hause. Ich rufe dir ein Taxi.

Er schüttelte den Kopf.

Ich kann nicht gehen, ich muss Mireille nach Hause bringen.

Ich legte ihm die Hand auf die Schulter.

Du bringst niemanden mehr nach Hause.

Ich packte ihn unter den Armen, schleppte ihn in die Wohnung, hoffte, dass diese Mireille noch nicht gegangen war und sich um ihn kümmern würde.«

Bender hört auf zu reden. Sein Gesichtsausdruck ist ernst, fast ängstlich. Er kämpft mit den Bildern in seinem Kopf wie mit einem unsichtbaren Dämon.

»Sie saßen auf dem Sofa und quatschten miteinander. Beide waren auf Speed oder auf Koks, für Alkohol hatten sie sich zu sehr im Griff. Die Art Mädchen wie sie ständig auf meinen Partys herumhing. Lange Haare, enge Cocktailkleider, schlanke Beine und High Heels.

Greg und die beiden Mädchen waren die letzten Gäste. Ich hoffte, dass eine von ihnen Mireille war, hatte keine Lust, Greg nach Hause zu bringen. In Gedanken suchte ich bereits nach einer Lösung, als eins der beiden Mädchen aufsah.« Bender schüttelt den Kopf:»Ich weiß nicht mehr genau, was passierte. Ihre hellen, grünen Augen hypnotisierten mich mit einer

Mischung aus verstecktem Interesse und kühler Distanz. Etwas traf mich wie ein Schlag, explodierte in meinem Kopf, wirbelte alles durcheinander. Sie verkörperte alles, was ich mir jemals von einer Frau erträumt hatte. Die Befriedigung all meiner Begierden, ein Versprechen auf bedingungslose Liebe und die Hoffnung auf Wahrheit.«

Bender presst die Faust gegen die Lippen, kämpft mit einem inneren Schmerz. Es dauert eine Weile, bis er sich wieder unter Kontrolle hat, sein Lächeln ist bitter. »Noch an diesem Morgen schlief ich mit ihr. Ich erinnere mich genau, wie ich in sie eindrang, sie penetrierte, als sei es meine Pflicht, sie davon zu überzeugen, wie sehr ich sie besitzen wollte. Sie nahm mich dankbar in sich auf, jede Faser ihres Körpers signalisierte grenzenlose Hingabe.«

Er wendet den Kopf zum Fenster, auf seiner Stirn stehen Schweißperlen, seine Schultern hängen. Ich hole ein Fläschchen Whiskey aus meinem Rucksack. Er nimmt es mir aus der Hand, schraubt den Deckel ab, leert die Flasche in einem Zug, bedankt sich mit einem verlegenen Lächeln.

»Nun willst du bestimmt wissen, wie es weiterging?«

Ich muss ihm nicht antworten, er will seine Geschichte erzählen.

»Vom ersten Tag an wollte ich sie besitzen. Sie war meine Seelenverwandte, meine Königin, der fehlende Mosaikstein, der mich zu einem vollkommenen Menschen machte.

Als sie mir erzählte, dass ihre Eltern aus Polen nach Deutschland übergesiedelt waren, sie in ähnlichen Verhältnissen wie ich aufgewachsen war, komplettierte das meine Vorstellung. Der Herrgott hatte uns zusammengeführt, niemand sollte uns jemals wieder trennen.«

Benders Blick ist konzentriert, folgt dem Film, der in seinem Kopf abläuft. Seine Mimik wechselt zwischen Wut und

Trauer: »Es war wie in einem Traum. Schon bald zog Mireille bei mir ein. Wir liebten uns täglich. Ich hörte damit auf, Partys zu geben. Unsere Einladungen beschränkten sich auf Dinner im kleinen Kreis. Mireille achtete darauf, dass ich weniger trank und keine Drogen mehr nahm. Sie entschied, welche Klamotten ich trug, sorgte dafür, dass meine Haare ordentlich geschnitten, meine Finger manikürt waren. Sie kümmerte sich um all das, worum du dich kümmerst, wenn du ganz nach oben willst.

Der Vorstand der Bank bemerkte meine Wandlung. Ich war nicht mehr der durchgeknallte Händler, den man akzeptieren musste, weil er Erfolg hatte. Ich war ein Vorzeigebanker, der nicht nur wusste, wie man Geld verdiente, sondern sich ebenso damit auskannte, wie man in anspruchsvoller Gesellschaft repräsentierte.

Man übertrug mir eine große Abteilung. Falls ich es schaffte, diese Aufgabe zu stemmen, winkte ein Vorstandsposten. Der Jurek Bender macht das schon, tratschten die Kollegen auf den Fluren. Mit einem Mal hatte ich nur noch Freunde in der Bank.

Mireille war begeistert, auch ich vermisste das alte Partyleben nicht.

Kurze Zeit später heirateten wir und bald darauf wurde Romy geboren. Mireille war glücklich, Familie war ihr wichtiger als alles andere. Ich war ein Teil dieser Familie, übernahm die Rolle des Versorgers, des Ehemanns und des Vaters. Ein Element des großen Ganzen.«

Bender sieht aus dem Fenster, seine Finger spielen mit dem Ehering. Er ist traurig, fast bin ich versucht, ihm die Hand auf die Schulter zu legen.

»An einem Abend im Spätherbst, ich erinnere mich, weil überall auf den Wegen am Main bunte Blätter lagen, bekamen wir Besuch aus Polen, ein Cousin Mireilles. Ein Hüne mit einem kantigen Gesicht und aus der Zeit gefallenen Klamotten. Er begegnete mir unfreundlich und brachial.

Mireille schien nicht erfreut über seinen Besuch, ich hatte das Gefühl, sie hatte Angst vor ihm.

Sein Name war Pavel, er sprach nur ein paar Brocken Englisch. Ich ließ die beiden nach einem ungeselligen Abendessen alleine, erledigte meine Ablage im Arbeitszimmer.

Nach einer Weile hörte ich, wie sie im Wohnzimmer stritten. Ich verstand kein Wort, da sie polnisch sprachen. Kurz darauf schlug die Wohnungstür zu, danach war es still.

Ich wartete, dass Mireille zu mir kam, um zu erzählen, was geschehen war. Aber sie kam nicht. Nach einer Weile legte ich mich schlafen.«

Bender holt Luft, sieht durch mich hindurch.

»Mireille begann sich zu verändern. Ihre Laune verschlechterte sich, fast jeden Abend telefonierte sie mit ihrer Mutter, die in Duisburg lebte. Ich habe ihre Eltern nie kennengelernt. Obwohl sie zu unserer Hochzeit eingeladen waren, sind sie nicht gekommen. Auch Romy, ihr Enkelkind, interessierte sie nicht.

Die Telefonate endeten fast immer im Streit. Mireille weinte. Meine Versuche, sie zu trösten, schlugen fehl. Sie isolierte sich, rief niemanden mehr an, nahm keine Anrufe mehr entgegen. Ich überlegte, einen Psychologen hinzuzuziehen. Als ich ihr davon erzählte, wies sie mich schroff zurück.

Sie habe eine schwierige Phase, die sie überwinden werde. Sie brauche Zeit zum Nachdenken, ich solle sie in Ruhe lassen.

Ich respektierte ihren Wunsch, hielt Distanz.

Sogar, als ich eine Packung Antidepressiva fand, unternahm ich nichts.

Als ich unsere Bankauszüge kontrollierte, entdeckte ich, dass von unserem Konto ein hoher Betrag abgehoben worden war. So rücksichtsvoll, wie es mir möglich war, sprach ich sie darauf an. Im ersten Augenblick reagierte sie überrascht, doch schnell wechselte ihre Stimmung und sie wurde aggressiv. Sie erklärte mir, dass sie das Geld für ihre Familie in Polen brauche. Und sie benötigte mehr Geld, viel mehr Geld.

Ich war vor den Kopf gestoßen, fand keine Antwort, hatte keine Ahnung, wie ich reagieren sollte. Obwohl ich wütend war, konnte ich ihr nicht böse sein. Mein Verstand war nicht mehr Herr der Lage, ich war ein Gefangener meiner Gefühle«

Benders Augen blitzen auf, sein Blick ist feindselig. Aufrecht sitzt er im Polster, die Muskeln seines massigen Körpers sind gespannt.

»Was hätte ich tun sollen? Wie hätte ich mich verhalten sollen? Diese Frau und Romy waren die einzigen Menschen, die mir etwas bedeuteten. Ich liebte Mireille, ich vertraute ihr. Ich hatte es vor Gott geschworen, in guten wie in schlechten Zeiten. Ich wollte sie nicht verlieren. Mireille und ich kamen aus der gleichen Welt, kämpften gegen die gleichen Ängste. Es war eine Krise, nur eine Krise, die irgendwann vorüber sein würde.«

Benders Augen sind feucht, er wendet den Kopf zur Seite, schaut aus dem Fenster. Die Lichter einer Siedlung huschen vorbei. Er wischt sich die Tränen aus den Augen.

»Der ganze Stress und die Aufregung blieben in der Bank nicht verborgen. Ich war unkonzentriert, traf falsche Entscheidungen. Die Fehler kosteten Geld.

Und während ich das Geld der Bank verlor, gab Mireille immer mehr von unserem Geld aus. Ich bekam kaum noch Gratifikationen, die Ausgaben übertrafen unsere Einnahmen bei Weitem. Bald darauf war ich gezwungen, das Penthouse zu verkaufen, wir zogen zur Miete in einen Frankfurter Vorort.

Nachdem der Vorstand der Bank mich mehrfach abgemahnt hatte, nahm man mir die Abteilung ab. Ich begann wieder zu trinken, nahm Tabletten, für Drogen fehlte mir das Geld. Auch Mireille wurde immer fahriger, ich hatte Angst, sie könnte sich etwas antun.

Es kam noch schlimmer. Meine Geschäftskunden sprangen ab. Nur die Chinesen blieben. Ich gab ihnen bessere Konditionen, ohne dass der Vorstand davon wusste.

Eines Tages entschied ich, Romy zu meinen Eltern zu geben. Zurück ins Ghetto, mit dem ich vor Jahren abgeschlossen hatte. Aber Mireille hatte genug mit sich selbst zu tun, sie vernachlässigte unsere Tochter. Ich selbst hatte keine Zeit, also blieben nur noch meine Eltern.«

Bender sieht mich an, sein Blick bettelt um Verständnis. Ich bemühe mich, zu lächeln, doch außer einem flüchtigen Nicken bringe ich nichts zustande.

»Es kam, wie nicht anders zu erwarten: Die Bank setzte mich vor die Tür.

Ich verschwieg es Mireille nicht, erklärte ihr, dass ich nun mehr Zeit hätte, mich um sie zu kümmern.

Nun ist alles verloren, reagierte sie verbittert. Ich verstand nicht, was sie meinte, aber ich hatte mich daran gewöhnt, nicht nachzufragen.

Als Erstes stellte ich die Überweisungen nach Polen ein. Ich tat das ohne Reue, wir hatten bereits genug Geld gespendet. War es nicht Mireilles Familie, die unsere Ehe zerstört hatte?«

Bender überlegt, sieht aus dem Fenster, der Zug rollt durch die Frankfurter Vororte, es hat aufgehört zu regnen.

»Am nächsten Morgen traf ich mich mit einem ehemaligen Kollegen im Westend. Als ich gegen Mittag zurück nach Hause kam, war Mireille verschwunden. Sie hatte nur einen kleinen Koffer mitgenommen, all ihre Kleider hingen noch im Schrank.

Ich beschloss, nach ihr zu suchen, telefonierte mit den wenigen Bekannten, die uns noch geblieben waren. Niemand wusste, wo sie war. Schließlich ließ ich es auf sich beruhen, vertraute darauf, dass sie zu mir zurückkommen würde.

Drei Tage vergingen, doch sie meldete sich nicht. Ich entschied, sie am nächsten Morgen bei der Polizei als vermisst zu melden. Abends saß ich mit einer Flasche Cognac auf dem Sofa, als das Telefon klingelte.«

Bender schüttelt den Kopf, spielt mit seinem Ehering. Als er es bemerkt, zieht er rasch die Hand zurück, kreidebleich schiebt er sein Kinn nach vorne, starrt mich an.

»Mireille war am anderen Ende der Leitung. Sie sprach nur kurz mit mir, dann reichte sie mich an Pavel weiter.

Ich fragte mich, warum um alles in der Welt ich mit Mireilles übellaunigem Cousin sprechen sollte? Mit seinem Besuch damals in Frankfurt fing alles an. Dieser unzivilisierte Bastard war zu uns in die Wohnung gekommen, um mit Mireille zu streiten. Ich hatte keine Lust auf ihn, wollte mich nicht in Familienstreitigkeiten einmischen, die unsere Beziehung weiter belasteten.

Aber es kam anders, ganz anders. Der kantige, brachiale Pavel war nicht Mireilles Cousin. Er war ihr Ehemann. Mir wurde schwarz vor Augen, ich rang nach Luft. Mit einem Mal sprach der Pole sogar deutsch. Nicht besonders gut, aber es genügte, um mir die Seele aus dem Leib zu reißen.«

Bender hat die Hände vor das Gesicht gelegt, Tränen rinnen ihm über die Wangen.

»Ich wollte nicht glauben, was Pavel mir erzählte, dennoch spürte ich, dass es die Wahrheit war.

Als ich Mireille auf der Party in der Penthouse Wohnung kennenlernte, arbeitete sie als Prostituierte in einem Bordell in Oberhausen. Pavel war nicht nur ihr Ehemann, er war auch ihr Zuhälter. Die beiden waren seit mehr als vier Jahren miteinander verheiratet.

Ein paar Tage bevor sie in Frankfurt aufgetaucht war, besuchten einige Polen den Puff in Oberhausen. Der Anführer der Polen buchte Mireille für eine Stunde. Er bezahlte eine Stange Geld, wurde grob, würgte und schlug sie.

Mireille wehrte sich. Als er nicht von ihr abließ, biss sie ihm den Schwanz ab. Die anderen Polen wurden panisch, packten den Penis ein und schafften ihren Boss ins Krankenhaus. Als sie nach ein paar Stunden wiederkamen, war Mireille verschwunden, bereits auf dem Weg zu einer Freundin nach Frankfurt.

Es stellte sich heraus, dass der Pole kein Niemand war, sondern ein Drogenbaron aus Warschau, der Koks und Amphetamine nach Deutschland schmuggelte. Sie begannen nach Mireille zu suchen. Ohne Erfolg. Irgendwann kamen sie in den Puff zurück und nahmen Pavel in die Mangel. Der plauderte und die Polen verschleppten die Kinder.«

Bender sieht mir tief in die Augen.

»Ja, mein Herr, Pavel und Mireille haben zwei gemeinsame Kinder. Eine fünfjährige Tochter und einen dreijährigen Sohn. Masha und Adam.

Der Drogenbaron entführte sie nach Polen. Als Nächstes verlangte er Lösegeld für ihre Freilassung, zudem eine Strafgebühr für seinen Penis. Der war ihm zwar wieder angenäht worden, trotzdem bereitete er Probleme.

An jenem Abend, als Pavel Mireille und mich in unserer Frankfurter Penthouse Wohnung besuchte, war es das, was er ihr erzählte. Daraufhin gerieten die beiden in einen furchtbaren Streit.«

Benders massiger Körper lehnt schwer gegen das Sitzpolster.

Er beugt sich nach vorne, kommt meinem Gesicht ganz nahe. Ich rieche den Whiskey in seinem Atem.

»Mireille riss Pavel das Telefon aus der Hand. Sie weinte und schrie. Jurek, mein liebster Jurek. Ich komme zu dir zurück, ich verspreche es bei der Heiligen Jungfrau Maria. Einmal brauche ich noch Geld, nur noch ein letztes Mal. Ich liebe dich, Jurek, ich liebe dich mehr als alles andere auf der Welt.

Sie brauchte nochmals zweihunderttausend Euro, angeblich um die Kinder endgültig freizukaufen. Pavel habe zugestimmt, sich danach von ihr scheiden zu lassen, er würde sich um Masha und Adam kümmern.

Dann bin ich frei für dich, mein liebster Jurek, endlich frei für dich.«

Bender sitzt kerzengerade vor mir, sein Gesichtsausdruck hat sich verändert. Er streckt sein breites Kinn nach vorne, in seinen Augen spiegelt sich Entschlossenheit.

Das Handy klingelt, argwöhnisch wirft er einen Blick auf das Display, nimmt den Anruf entgegen.

»Was ist denn? ... Ja doch, in fünf Minuten ... Was? ... Ihr werdet es doch wohl schaffen, die Chinesen ein paar Minuten hinzuhalten. ... Alles muss man selber machen ... Ja, bis gleich ... und ... nicht noch einen Anruf.«

Der Zug wird langsamer, Bender überlegt, seine Augen leuchten. Er zwinkert mir zu:»Gib's zu, du hast es dir doch bestimmt schon gedacht, nicht wahr, mein Herr?« Seine Stimme klingt selbstbewusst:»Du weißt, dass ich nach Mireille suchen werde. Und ich werde sie finden, sie zurückholen. Sie gehört mir, niemand soll es mehr wagen, uns zu trennen. Gott hat uns füreinander bestimmt, wir gehören zusammen.«

Er packt mich fest bei den Schultern, schüttelt mich. Seine Augen treten hervor, Speichel klebt in seinen Mundwinkeln.

Der Zug kommt zum Stehen, Bender sieht sich erschrocken

um, orientiert sich, wie nach einem bösen Traum, aus dem er aufgewacht ist. Seine Hände lassen mich los, er springt auf, stürzt zum Ausstieg. Ich bin zu überrascht, zu reagieren, habe damit zu tun, meine verwirrten Gedanken zu ordnen. Es dauert eine Weile, bis ich zu mir komme. Schwerfällig stehe ich auf, begebe mich zum Ausgang. Durch das Fenster sehe ich, dass sich auf dem Bahnsteig eine Menschentraube gebildet hat. Es ist zu dunkel, etwas zu erkennen, überall sind Hände und Füße.

An der Tür glaube ich, Benders Stimme zu hören, bin mir aber nicht sicher. Zwei Polizisten patrouillieren mit Schäferhunden auf dem Bahnsteig.

Dann sehe ich ihn, Bender steckt mitten in der Traube fest. Er versucht, seinen massigen Körper zu bewegen, die Männer halten seine Arme und Beine gepackt. Handschellen rasten ein, die Traube löst sich auf. Benders Arme sind auf dem Rücken fixiert. Er blutet an der Lippe, zwei Polizisten legen ihre Hände auf seine Schultern.

Er sieht zu mir herüber, lächelt gezwungen. Ich will ein paar Schritte auf ihn zugehen, doch die Gruppe, mit Bender in der Mitte, setzt sich in Bewegung. Sie kommen an mir vorbei, Bender hebt den Kopf, sieht mich an. Seine kräftige Stimme dröhnt über den Bahnsteig: »Macht euch keine Sorgen. Der Jurek Bender macht das schon.«

Ich sehe dem Pulk hinterher, bis er durch einen der Seitenausgänge verschwunden ist.

Bewegungslos stehe ich neben dem Zug, meine Knie sind weich, meine Hände zittern. Mir ist, als kehre ich aus einer surrealen Welt in die Wirklichkeit zurück.

Bender ist wie ein unerwartetes Gewitter über mich gekommen. Seine unglaubliche Geschichte hat mich mitgenommen. Ein Einzelgänger aus dem Ghetto, sein sozialer Aufstieg und tiefer Fall. Benders Intelligenz verhalf ihm zu beruflichem Erfolg, doch auf der Suche nach gesellschaftlicher Akzeptanz geriet er ins Stolpern. Ein Leben lang hat er versucht, dem Ghetto zu entfliehen, ein Getriebener, zerrieben zwischen zwei Welten ohne Heimat. Noch immer weigert er sich, Mireille als das zu sehen, was sie ist, denn so wäre er gezwungen, ebenfalls sich selbst zu akzeptieren. Mireille ist einzig eine Projektion seiner Vorstellung, eine Rechtfertigung, die der Akzeptanz seiner eigenen Persönlichkeit dient.

Es ist schade, dass ich auf viele meiner Fragen nun keine Antworten mehr bekomme, Bender hat mich mit der Interpretation seiner Geschichte alleine gelassen. Sie wird mich noch länger beschäftigen.

Ich sehe mich um, suche nach dem Ausgang. Hinter den Mauervorsprüngen der Halle tummeln sich die Nachtgestalten, die Kapuzen ihrer Hoodies weit in die Stirn gezogen, argwöhnische Blicke, hier und dort glimmt eine Zigarettenspitze. Ich spüre eine Hand auf meiner Schulter, wende mich erschrocken um. Aus einem faltigen Gesicht starrt mich ein schwarzes Augenpaar an, die Haare verstecken sich unter einem Kopftuch, unverständliche Worte dringen aus einem zahnlosen Mund.

Sie streckt mir ihre lederne Handfläche entgegen.

Ich hole einige Münzen aus meiner Hosentasche, gebe sie ihr. Ihr Mund formt ein dankbares Lächeln, bevor sie verschwindet.

Auf dem Bahnhofsvorplatz empfängt mich die Nacht in all ihren Facetten. Straßenbahnen nähern sich aus unterschiedlichen Richtungen, Fahrgäste steigen ein und aus, zwielichtige Gestalten huschen über den Platz, verschwinden in Nebenstraßen. Am Taxistand tauschen Chauffeure Neuigkeiten aus, rauchen dabei Zigaretten. Die bunte Reklametafel an der Fassade gegenüber wechselt in gleichmäßigen Abständen die Farbe, sendet ihre Botschaft in die Nacht.

Ich muss an Henry Jaeger denken, einen meiner Lieblingsschriftsteller. Er wuchs in den 50er und 60er Jahren in Frankfurt auf, trieb sich im Bahnhofsviertel herum. Bevor er Schriftsteller wurde, war er Gauner, stahl Schmuck, raubte Pelze und knackte Tresore. Er wurde gefasst und verurteilt. Im Gefängnis begann er zu schreiben, Geschichten über Außenseiter und das Milieu.

Ich fühle mich in die 50er Jahre zurückversetzt, stelle mir vor, wie Jaeger sich mit seiner Bande im Bahnhofsviertel herumtreibt, einen Plan für den nächsten Coup schmiedet.

Ich verspüre keine Lust auf Gegenwart, habe kein Interesse, in einer dieser Bars zu sitzen, in der eine in der Decke versteckte Designerlampe einen kleinen Lichtpunkt auf die Theke projiziert, die Barkeeper eng anliegende, schwarze Markenhemden und hippe Bärte tragen, nur weil es ihnen die Hochglanzmagazine so vorschreiben. Ich habe kein Bedürfnis nach Menschen, die sich selbst ins Schaufenster stellen, am Strohhalm eines zu teuren Cocktails nuckeln, während sich ihre Einsamkeit hinter kühler Arroganz versteckt.

Ich interessiere mich für die echten Probleme, essenzielle Fragen, die Wahrheit. Ich suche Menschen, die mit ihren Dämonen kämpfen, weil sie so sehr am Paradoxon des Lebens verzweifeln, dass sie nicht anders können, als sich Fremden zu offenbaren.

Ich beschließe, meiner Intuition zu vertrauen, schließe die Augen.

Sogleich wappnen sich meine Sinne. Eine Straßenbahn quietscht, Autos hupen, ich höre das Knattern eines Motorrades, Absätze klappern auf dem Asphalt, der Geruch des Bratfetts aus Würstchenbuden mischt sich mit der schwülen Nachtluft.

Stimmen nähern sich. Es sind viele, rasch drehe ich ab, unter meinen Fußsohlen spüre ich die holprigen Pflastersteine. Mein nächster Schritt geht ins Leere, ich stolpere, strecke geistesgegenwärtig die Arme aus, spüre Metall, eine Motorhaube.

»Pass doch auf, wo du hinläufst. Mach die Augen auf, du Blindschleiche.« Ich beeile mich, weiterzukommen. Meine Augen bleiben geschlossen.

Ein Bordstein, dann ein Geländer, ich gehe vorwärts. Eine Mauer dämpft die Geräusche des Bahnhofs, modriger Gestank vermischt sich mit dem Geruch süßlichen Urins.

Ich öffne die Augen.

Gaslaternen werfen ein fahles Licht auf eine Häuserfront aus Klinkersteinen. Entlang des Bordsteins parken alte, verbeulte Autos, dazwischen ein rosafarbener Bulli. Es ist, als sei die Zeit stehengeblieben.

Einige Meter von mir entfernt stolpert ein Mann aus einer Tür, im Halbdunkeln erkenne ich nur seine Silhouette. Er lehnt kopfüber über einem Geländer, sein Körper zittert. Kurz darauf schießt ein dickflüssiger Sirup aus seinem Hals und verteilt sich quer über die Straße.

Angewidert wende ich mich ab, höre, wie er würgt, warte, bis es vorbei ist.

Schwerfällig richtet er sich auf. Als er mich bemerkt, schaut er mich an wie einen Geist. Sein vom Alkohol vernebeltes Gehirn sucht nach einer passenden Reaktion. Er taumelt mir entgegen, kämpft mit dem Gleichgewicht. Träge hebt er den Kopf, starrt mich aus glasigen Augen an. Unbeholfen streckt er seinen Arm aus, die Finger schließen sich zu einer Faust zusammen, in Zeitlupe richtet sich sein Mittelfinger auf.

Er brummt zufrieden und wankt davon.

Über der Eingangstür, aus der er getaumelt ist, verrät mir ein Schild den Namen einer Kneipe. *Zum toten Winkel.* Mattes Licht schimmert durch eine Milchglasscheibe. Neugierig betrete ich das Haus. Ein schmaler Korridor führt mich in ein Lokal. Ein schlauchförmiger Raum, verkleidet mit dunkelbraunem Holz. Zigarettenrauch wabert zur Decke, ein altes Eintracht-Frankfurt-Trikot spannt sich über eine Seitenwand. *Jürgen Grabowski* ist auf den Rücken geflockt, jemand hat mit einem Filzstift über die Nummer zehn signiert.

Misstrauische Blicke folgen mir zum Tresen. Ich konzentriere mich auf den Wirt. Er ist kräftig, trägt ein Hemd mit breiten, roten Karos, in seinem Mundwinkel klebt eine Zigarette, die Asche droht jeden Moment abzufallen.

Er wirft mir einen unfreundlichen Blick zu.

»Ein Bier«, sage ich. Das versteht er und nickt.

Hinter dem Schanktisch hängt ein Käfig, darin sitzt ein kleiner Vogel auf einer Stange in der Ecke. Er hat den Kopf unter dem Flügel.

Ich stelle den Rucksack auf den Boden, setze mich auf einen Barhocker. Die Aufregung um meine Person hat sich gelegt, ich kann mich in Ruhe umsehen.

Auf der anderen Seite der Theke sitzt ein glatzköpfiger Schwarzer. Er ist geschminkt, an seinen Ohrläppchen hängen Kreolen. Mit Hilfe eines Taschenspiegels tuscht er sich die Wimpern.

Auf dem Tresen steht ein Glas Soleier, daneben eine Schüssel Essiggurken.

In der Mitte des Lokals sitzen zwei Typen mit Lenin-Mützen. Sie stecken die Köpfe zusammen und diskutieren, vor ihnen stehen zwei Gläser mit Apfelwein. Am Tisch daneben sitzt ein alter Mann mit grauem Bart. Durch dicke Brillengläser fixiert er das Schachbrett auf seinem Tisch. Er packt eine Schachfigur und schiebt sie quer über das Brett.

Am anderen Ende der Kneipe fläzen zwei junge Frauen auf einem knallroten Plüschsofa. Sie tragen Bademäntel mit Leopardenmuster, wippen mit ihren Beinen, kichern, trinken Sekt aus schmalen Flöten. Eine Stehlampe taucht ihre künstlich gebräunten Gesichter in ein helles Licht.

Der Wirt stellt mein Bier auf den Tresen, ich deute mit dem Kinn zum Käfig.

»Der Vogel schläft, muss wohl müde sein. Ob der viele Qualm ihm guttut, mit seiner kleinen Lunge?«

»Das kennt der nicht anders, hier ist immer Rauch in der Kneipe. Heut' ist er noch dünn.«

Er nickt, sieht zum Käfig. Es scheint ihm zu gefallen, dass ich mich für sein Tierchen interessiere. Wir haben einen Draht.

Ich trinke einen Schluck Bier, zünde mir eine Zigarette an.

»Ist nicht viel los heute?«

»Sonntags nie. Nur die üblichen Verdächtigen.«

»Und du? Was machst du hier?«, fragt er mich.

»Kann nicht schlafen. Zu viele Gedanken im Kopf.«

Er nickt. »Geht uns allen so.«

Er deutet auf die beiden Typen mit den Lenin-Mützen.

»Die schaffen beim Opel am Band, haben die Schnauze voll vom Arbeiten, die Köpfe voller rebellischer Gedanken. Wie der Fischer damals wollen sie die Arbeiter aufwiegeln. Den Joschka Fischer, den kennst du doch noch?«

Ich nicke.

»Oder schau' dir den alten Eberhard vor seinem Schachbrett

an. Der gehört quasi zum Inventar. Der war schon Gast hier, bevor ich den Laden vor über dreißig Jahren übernommen habe. Er ist in der Straße aufgewachsen und niemals weggezogen, wohnt zwei Häuser weiter und kommt jeden Abend in die Kneipe. Es heißt, er war mal Professor. Ob's stimmt weiß keiner so genau. Er spielt immer nur Schach, meistens gegen sich selbst.«

Sein Blick wandert zum Sofa.

»Und was die jungen Hühner angeht, brauch' ich dir nichts zu erklären. Zur Kneipe gehört eine Lizenz. War früher mal ein Bordell, die Lizenz ist immer noch gültig. Die Mädchen gehören zu Roxy«, er verdreht die Augen: »Wenn ich mich jemals in eine Frau verlieben sollte, dann muss sie so sein wie Roxy, eine Märchenkönigin aus tausendundeiner Nacht.« Er schiebt sein Gesicht ganz nahe an meins. »Es geht das Gerücht um, dass Rosemarie Nitribitt ihren Tod nur vorgetäuscht hat, um Roxy persönlich auszubilden. Vielleicht hast du Glück und lernst sie noch kennen.«

Ich sehe zu dem Schwarzen mit den Kreolen.

Der Wirt schmunzelt: »Das ist unser Siegfried. Wenn er nicht gerade Drogen vertickt oder seinen kleinen, schwarzen Popo am Bahnhof anbietet, hängt er gerne in der Kneipe 'rum.«

Er schaut in Richtung des Schwarzen und ruft: »Ist doch so Siegfried, du kommst gern' zum alten Onkel Albert, nicht wahr?«

Siegfried zieht die Lippen auseinander, zeigt seine großen, weißen Zähne.

Das Telefon klingelt. Der Wirt nimmt ab. Das Gespräch dauert nicht lange.

»Dunja«, ruft er durch die Kneipe.

Eines der Mädchen sieht auf.

»Ist für dich. Kundschaft. Geh' nach oben. Er wartet schon.«

Das Mädchen nickt. Gemächlich steht sie auf, zupft ihren Bademantel zurecht, plaudert noch einen Augenblick mit ihrer Kollegin, dann stolziert sie durch die Kneipe, steigt die Treppe hinauf.

Die Typen mit den Lenin-Mützen glotzen ihr hinterher.

»Albert, bring mir noch ein Viertel von dem Dornfelder«, ruft der Professor. Albert, der Wirt, holt eine Flasche Rotwein unter dem Tresen hervor, gießt davon in eine Karaffe. Es ist mehr als ein Viertel.

Er trägt die Karaffe zum Tisch des Professors.

Siegried schminkt sich noch immer. Mittlerweile hat er eine blonde Perücke über die Glatze gezogen, die Haare reichen ihm bis zu den Schultern.

Der Vogel im Käfig ist aufgewacht. Sein kleiner Kopf zuckt kurz, dann schiebt er ihn unter den anderen Flügel.

Schlurfend kommt der Wirt zurück.

Er beugt sich nach vorne, flüstert mir ins Ohr: »Du sollst zum Professor rüberkommen. Er möchte mit dir reden.«

Ich schaue Albert überrascht an, er zuckt nur mit den Schultern.

»Keine Ahnung, für gewöhnlich bleibt er alleine, redet mit niemandem.« Ich nicke, sehe zum Professor. Er sitzt mit dem Rücken zu mir. Was der alte Mann wohl von mir will?

Ich trinke mein Bier aus. »Bringst du mir noch eins?«, sage ich. Albert nickt. Ich nehme meinen Rucksack und gehe hinüber zum Tisch des Professors. Die beiden Typen mit den Lenin-Mützen sehen überrascht auf, mustern mich einen Moment, dann widmen sie sich wieder ihrem Gespräch. Ihre Stimmen werden leiser.

Ich stehe vor dem Tisch des Professors. Ohne vom Schachbrett aufzusehen, sagt er: »Setzen Sie sich doch einen Moment zu mir, junger Mann.«

Er packt den schwarzen Turm, schlägt damit einen weißen Läufer, dann kippt er den weißen König zur Seite und murmelt:»Schachmatt.«

Ich nehme Platz, den Rucksack lehne ich gegen das Tischbein. Der Professor sieht auf. Durch kreisrunde Brillengläser taxieren mich zwei wache Augen, seine Stirn liegt in Falten, entlang der Wangen ziehen sich tiefe Furchen bis zu einem schmalen Mund. Der ungepflegte, graue Bart und die struppigen Haare erinnern mich an Fotografien, wie man sie von Karl Marx kennt.

Er blickt wieder zum Schachbrett:»Meistens gewinnt Schwarz. Ich weiß nicht warum. Vielleicht strenge ich mich mehr an, wenn Schwarz am Zug ist.«

»Sie sehen aus, als spielen Sie ebenfalls Schach?«, sagt er.

Ich nicke:»Manchmal.«

»Lust auf eine Partie?«

»Warum nicht«, antworte ich.

Er dreht das Schachbrett:»Wenn Sie nichts dagegen haben, nehme ich Schwarz.« Ich habe nichts dagegen.

Albert, der Wirt, bringt mein Bier und schwirrt gleich wieder ab.

Am Nebentisch wird es laut, die beiden Lenin-Mützen haben zu singen angefangen. Mit falschen Tönen krähen sie die *Internationale*.

Der Professor lässt sich nicht stören, baut die Schachfiguren auf.

Völker, hört die Signale! Auf zum letzten Gefecht! Die Internationale erkämpft das Menschenrecht.

Als sie zu Ende gesungen haben, klatschen die Gäste im Lokal Beifall. Albert, der Wirt, bringt den beiden zwei Gläser Schnaps.

Einer der Lenin-Mützen ruft:»Ihr werdet schon noch sehen, was wir auf die Beine stellen.«

Man hört, dass er bereits gewaltig Schlagseite hat. Ich amüsiere mich.

»Na, wie hat dir das Lied gefallen, Genosse?«, fragt mich einer der beiden.

»Gut«, lüge ich: »Ihr habt kräftige Stimmen.«

»Kannst gerne mitsingen«, sagt der andere.

»Ich spiele lieber Schach.«

Widerwillig grunzen sie, schielen misstrauisch herüber. Einer hebt das Schnapsglas und ruft: »Dann eben nicht. Prost.«

Sie kippen den Schnaps hinunter und widmen sich wieder ihrem Gespräch.

»Die Jugend braucht ihre Ideologie. Ohne Ideologie keine Hoffnung«, sagt der Professor.

Er hat die Schachfiguren zu Ende aufgebaut: »Machen Sie Ihren Zug.«

Ich überlege kurz, dann ziehe ich einen weißen Bauern zur Mitte des Bretts.

Der Professor stellt mir einen schwarzen Bauern entgegen.

Er nippt an seinem Wein.

»Ich habe Sie hier noch nie gesehen. Sind Sie aus Frankfurt?«

Ich bringe meinen Springer vor der Bauernreihe in Stellung.

»Nein, nur zu Besuch.«

Er schiebt einen weiteren Bauern nach vorne.

»Um Spaß zu haben? Hier im *Toten Winkel*?«

Ich weiß nicht, ob er auf die beiden Mädchen auf dem roten Sofa anspielt, aber ich muss schmunzeln: »Nein, daran habe ich kein Interesse. Ich saß gelangweilt zuhause vor dem Fernseher, dachte, dass es Zeit wird, etwas zu verändern.«

Er nickt, sein Blick ist auf das Schachbrett gerichtet:

»Kann ich verstehen, das geht mir jeden Abend so.«

Ich bin an der Reihe, mache meinen nächsten Zug.

»Und warum diese Kneipe. Sie sehen nicht aus, als ob sie üblicherweise Etablissements wie dieses besuchen?«

Ich nicke: »Ich bin zwar nicht der Meinung, man solle von Kleidern auf Leute schließen, aber Sie haben Recht. Ich bin hier gelandet ...«, ich suche nach dem passenden Wort: » ... zu Studienzwecken.«

»Zu Studienzwecken? Das hört sich interessant an. Dann sind Sie also Soziologe?«

Ich muss schmunzeln: »Richtig geraten, allerdings hat mich etwas anderes hierhergeführt.«

Der Professor deutet mit dem Kinn auf meinen Rucksack. »Er?«

Ich verstehe nicht sofort, was er meint, sehe hinunter. Im Außennetz des Rucksacks ist der Titel meines Buches zu erkennen.

Nachruf auf ein Dutzend Gauner.

»Ich habe das Buch gleich bemerkt, als Sie hereingekommen sind.«

»Jetzt verstehe ich. Mit *er* meinen Sie *ihn?*«. Ich nicke: »Ja. Wegen ihm bin ich hier. Sie kennen ihn? Haben Sie etwas von ihm gelesen?«

Der Professor lächelt selbstsicher: »Ja, ich habe auch etwas von ihm gelesen.« Er schaut mir tief in die Augen: »Aber vor allem habe ich ihn gut gekannt.«

Im ersten Moment glaube ich, mich verhört zu haben, doch dann werde ich ungeduldig. Der Professor schmunzelt, ich kann in seinen Augen sehen, dass er die Wahrheit sagt.

»Sie haben Henry Jaeger gekannt?«, stammele ich.

»Ja, junger Mann, ich kannte Henry Jaeger, den Gröschaz. Ich kannte die Korbmacher-Brüder, den verzinkten Edgar, den blassen Karl, das Wiesel und sogar Isaac, den Juden. Ich kannte sie alle. Wir saßen oft hier in der Kneipe zusammen und ph:-

losophierten über Tod und Teufel.«

Ich bin sprachlos, weiß nicht, was ich sagen soll. Meine Kehle ist wie ausgetrocknet. Wenn ich mich in diesem Moment im Spiegel hätte sehen können, würde ich denken, dieser Mann ist einem wahrhaftigen Geist begegnet. Ein bisschen ist es auch so, ich sitze mit einem alten Mann zusammen, der Henry Jaeger persönlich kannte.

Es dauert eine Weile, bis ich mich wieder beruhige. Mit Kinderaugen schweift mein Blick durch das Lokal, ich sauge jedes Detail auf, versuche mir vorzustellen, was damals in der Kneipe vor sich gegangen ist. Der Professor lässt mir Zeit.

»Es gibt nicht mehr viele, die seine Bücher lesen«, sagt er: »Schon gar nicht von den Jüngeren.«

»Als ich sein erstes Buch in der Hand hielt, hat mich die Geschichte sofort gefesselt. Seine Beobachtungsgabe, das Verständnis und Mitgefühl für seine Figuren, sein Stil zu schreiben, die damalige Zeit. Ich habe alle seine Bücher gelesen.«

Der Professor nippt an seinem Wein.

»Ja, Henry war ein außergewöhnlicher Charakter, das spürte man sofort. Keiner wusste, dass er dieses Talent zum Schreiben hatte, wahrscheinlich nicht einmal er selbst. Als er damals in die Kneipe kam, war er noch Ganove. Allerdings ein ehrenhafter Ganove, genau wie seine Freunde. Er hatte ein feines Gespür für die Leute, mit denen er sich umgab. Er war der Chef, daran bestand kein Zweifel, er traf alle Entscheidungen, hatte kein Problem damit, dafür auch die Verantwortung zu tragen. Die Jaeger-Bande war äußerst erfolgreich. Viele Zeitungen schrieben über sie, sogar der Spiegel widmete ihnen einen Artikel. Aber Henry blieb auf dem Boden, hob niemals ab. Er war kühl und berechnend, trotzdem gelang es ihm, Spaß und Arbeit miteinander zu verbinden. Er hatte nie ein schlechtes Gewissen und Nerven aus Drahtseilen.«

»Sie wussten von seinen Raubzügen?«, frage ich.

Der Professor lächelt. »Keiner wusste, was die Bande genau vorhatte. Außer Henry und den Korbmacher Brüdern, die restlichen Mitglieder wurden erst kurz vorher eingeweiht. Wir Außenstehenden hatten keine Ahnung, aber allen war natürlich klar, dass es sich um dubiose Geschäfte handelte. Dafür tauchte die Polizei zu oft in der Kneipe auf, befragte die Gäste. In diesen Momenten fühlten wir uns alle ein wenig als Bandenmitglieder. Niemand hätte jemals einen aus der Bande verraten, alle hatten Angst vor Henrys Missachtung.

Es war nebensächlich, dass das, was die Jaeger-Bande tat, nicht unbedingt mit dem Gesetz im Einklang stand. Der Krieg war verloren, die Stadt lag in Trümmern. Die Menschen waren jahrelang blindlings einem Regime gefolgt, dessen Ehrgeiz von ursprünglicher Menschenverachtung bis zum totalen Verlust der Menschlichkeit führte. Niemand war nach dem Niedergang Großdeutschlands so schnell wieder bereit, einem neuen Machthaber zu vertrauen, Demokratie hin oder her. Aber es gab einen Menschen, der in jener Zeit im Milieu Zuversicht verbreitete. Die Leute sahen zu ihm auf, lehnten sich an ihn an.

Ich habe niemals wieder jemanden kennengelernt, der es dermaßen verstand, im Hier und Jetzt zu leben. Henry tat das, obwohl er ein Kopfmensch war, jeden Schritt genauestens plante.«

Der Professor lächelt gedankenverloren.

»Sie sind am Zug«, sagt er.

»Die Bücher beschreiben seine Erlebnisse eindrucksvoll«, sage ich, während ich versuche, mich auf das Spiel zu konzentrieren. Es fällt mir schwer.

Der Professor nippt an seinem Glas, ich ziehe meinen weißen Läufer diagonal über das Brett. Der Professor stellt ihn mit einem Bauer zu.

»Als Henry damals erwischt wurde, wollte es zuerst keiner glauben. Es schien unmöglich. Henry, unser Henry von der Polizei geschnappt. Sie hatten den ganzen Apparat aufbieten müssen, um ihn zu kriegen. Aber dann, Verurteilung, zwölf Jahre Zuchthaus.

Sie können sich nicht vorstellen, welch eine Atmosphäre nach der Verurteilung in der Kneipe herrschte. Die Korbmacher-Brüder waren ebenfalls erwischt worden, der Rest der Bande, diejenigen, die für den Coup nicht gebraucht wurden, und wir anderen, standen unter Schock.

Der blasse Karl saß eine Woche schweigend an der Theke, besoff sich mit Schnaps, der englische Willy heulte gemeinsam mit den Frauen.

Henry hatte immer allen das Gefühl gegeben, gegen das System eine Chance zu haben, wenn man nur niemals aufgibt. Und dann nimmt uns dieses System unseren Henry weg und mit ihm unser Selbstwertgefühl.«

Ich nicke, versuche es mir vorzustellen.

Dunja, das Mädchen, kommt die Treppe herunter. Sie geht zum Sofa, bleibt mit dem Rücken zu uns stehen, langsam dreht sie sich herum und ruft mit fester Stimme: »Roxy schaut nachher vorbei.«

Ein Raunen geht durch die Kneipe.

Der Professor schmunzelt, ich sehe ihn an und ziehe die Augenbrauen nach oben. »Lassen Sie sich überraschen«, sagt er.

Er nimmt seinen Springer, schlägt damit meinen Läufer.

»Nach Henrys Verhaftung haben wir nur noch sporadisch etwas von ihm gehört. Es gab Gerüchte, mehr nicht. Allerdings waren wir froh, dass es nur Gerüchte waren, denn sie waren derart furchtbar, dass wir hofften, sie entsprechen nicht der Wahrheit. Einzelhaft, Schweigehof, Henry, abgemagert bis auf die Knochen und dem Wahnsinn nahe. Es hieß, er würde seine bestrafte Zeit nicht überleben.«

Der Professor sieht auf.

»Und dann, eines Tages, die Nachricht, Henry habe ein Buch veröffentlicht, auf Toilettenpapier aus dem Gefängnis geschmuggelt, mit Hilfe des Anstaltspfarrers.«

»*Die Festung*«, sage ich: »Ein großes Buch.«

»Alle seine Bücher waren große Romane, herausragende Literatur. Auch wenn diese Schmierfinken von Kritikern das niemals zugeben wollten«, die Augen des Professors leuchten: »Henry war ein außergewöhnlicher Schriftsteller, die Feuilletonisten hatten Angst vor ihm. Nicht, weil er die Dinge kritisch beleuchtete, nein, für Kritik war man damals offen, schließlich musste man die Gespenster des Dritten Reichs vertreiben. Henry war ein Emporkömmling, er kam aus dem Milieu. Es konnte nicht angehen, dass ein ehemaliger Ganove, ein Krimineller, mit der intellektuellen Elite der jungen Republik gleichgesetzt wurde.«

Ich nicke: »Es ist schade. Henry hätte es verdient gehabt.«

Ich ziehe meine Dame nach vorne, der Professor sieht mich einen Moment unschlüssig an, dann schiebt er seinen Läufer über das Brett.

Albert, der Wirt, kommt an den Tisch. Er bringt ein frisches Bier und tauscht die leere Karaffe des Professors gegen eine halbvolle aus.

»Bring mir eine Frikadelle mit diesem französischen Senf, du weißt schon«, sagt der Professor.

»Der aus Dijon?«

»Ja, genau, der aus Dijon.«

Albert schaut mich an. Ich winke ab.

»Die Frikadellen sind vorzüglich. Sie sollten sie probieren.«

»Das glaube ich Ihnen gerne, aber ich habe keinen Hunger.«

Die beiden Lenin-Mützen haben ihre Diskussion beendet. Ihre Köpfe liegen auf den Unterarmen, einer von ihnen schnarcht.

Hinter mir albern die Mädchen. Ich konzentriere mich auf das Schachbrett, sehe erst jetzt, dass der Professor mich mit seinem letzten Zug in Bedrängnis gebracht hat.

Albert bringt die Frikadelle mit dem Senf.

»Brot?«, fragt er.

Der Professor winkt ab, beißt in die Frikadelle.

Ich versuche, mich auf meinen Zug zu konzentrieren, mich aus meiner misslichen Situation zu befreien.

»Denken Sie an ihren Turm«, rät der Professor, während er die Frikadelle kaut.

Ich setze zu einer Rochade an.

Er nickt, schluckt das letzte Stück herunter. Mit einer Papierserviette wischt er sich die Lippen ab, ein Rest Senf bleibt im Mundwinkel kleben.

»Einmal habe ich Henry dann noch gesehen«, sagt er: »Er kam uns besuchen, ganz Schriftsteller, vom Ganoven keine Spur mehr. Alles, was er machte, machte er hundertprozentig. Trotzdem war er immer noch Henry, einer von uns. Er erzählte uns von Ascona und dass der große Erich Maria Remarque sein Freund sei, beschrieb uns die Leute in Ascona, nannte sie degeneriert und sinnentleert. Wir spürten, dass er sich hier, unter seinen alten Freunden, wohlfühlte. Aber er war jetzt ein bekannter Schriftsteller, er hatte die neue Rolle akzeptiert, wollte sie ausfüllen.«

Der Professor nippt am Wein.

»Wie es dann weiterging, haben wir alle in den Zeitungen verfolgen können. Er hatte einige vielbeachtete Bücher, niemals den ganz großen Durchbruch, aber Erfolg. Er trank zu viel Alkohol, hatte Frauengeschichten. Auch seine zweite Karriere scheiterte. Als Gauner und als Schriftsteller hat er es bis nach oben geschafft, um dann, nachdem er den Gipfel erklommen hatte, abzustürzen. Beide Male ist er an den Umständen gescheitert, seine Persönlichkeit war schlichtweg zu groß für seinen Charakter.«

Ich nicke, kann nachvollziehen, was der Professor meint: »Er war ein Mensch, der in Erinnerung bleibt. Sie haben ihn persönlich gekannt, ich habe alle seine Bücher gelesen, beide hat er uns gleichermaßen fasziniert.«

»Mehr als das, er hat mich geprägt. Ich denke oft an ihn«, sagt der Professor und zieht seine Dame über das Brett bis zur hintersten Reihe.

»Schachmatt.«

Ich schaue genauer hin. Tatsächlich.

»Glückwunsch«, sage ich.

Er lächelt: »Machen Sie sich nichts daraus, ich spiele jeden Abend. Das nächste Mal haben Sie mehr Glück.«

Er lehnt sich zurück und schaut mich an: »Und Sie? Was fasziniert Sie so sehr an einem Mann, dem Sie nie persönlich begegnet sind?«

»Glauben Sie mir, diese Frage habe ich mir schon oftmals gestellt«, antworte ich: »Das erste Buch, das ich von ihm in den Händen hielt, entdeckte ich zufällig bei einem Freund im Bücherregal. Es war *Der Club*, der Roman, der Henrys Zeit in den siebziger und achtziger Jahren in *Ascona* erzählt. Steinreiche Unternehmer, die in protzigen Villen am Lago Maggiore leben und die Künstler vor Ort aushalten. Bonzen, die sich nicht die Bohne für Literatur oder Malerei interessieren. Alles, was sie interessiert, ist das Gefühl, dazuzugehören. Auf der anderen Seite, Künstler, die sich prostituieren, um beachtet zu werden. Ständige Einladungen und Feste, Feiern als Deckmantel, der die Dekadenz der Künstlerkolonie verschleiert. Die

Wirklichkeit jedoch besteht aus Saufen, Intrigen und Hurerei, *Ascona* als Spiegelbild des antiken Rom.

Es ist die Perspektive, aus der Henry den Roman erzählt. Die Art und Weise, wie er die Charaktere entwickelte, ist faszinierend. Obwohl er selbst Teil dieser verkommenen Gesellschaft war, gelang es ihm, eine kritische Distanz zu wahren. Nach diesem Buch war ich elektrisiert von Henry Jaeger, begann mich für den Schriftsteller und Menschen zu interessieren. Ich beschäftigte mich mit seinem Lebenslauf, verschlang all seine Bücher. Mit jeder Zeile tauchte ich tiefer in seine Welt ein.«

»Ich kann Sie gut verstehen«, sagt der Professor: »Es ist diese beeindruckende Konsequenz, mit der er sein Leben führte, genauer gesagt, seine beiden Leben, das eine als Ganove und das andere als Schriftsteller. Er war trotz widriger Umstände authentisch und unbestechlich. Man denke nur an seine Zeit im Gefängnis in der Einzelhaft. Oder an die Orgien in *Ascona*, die alle, Henry eingeschlossen, in den Abgrund zogen. Henry blieb immer er selbst, führte ein mutiges und überzeugtes Leben.«

Der Professor sieht mich an: »Sie wissen sicherlich, was Friedrich Nietzsche gesagt hat?«

Ich weiß nicht, worauf er hinauswill, schüttele den Kopf.

»Das Geheimnis des höchsten Ertrages und des größten Lebensgenusses, besteht darin, gefährlich zu leben! Baut eure Städte an den Vesuv, schickt eure Schiffe in unerforschte Meere. Glück erfährt nur, wer sich dem Risiko des Lebens aussetzt.«

»Henry Jaeger hat das getan«, sage ich.

»Das hat er, er hat wahrlich gelebt«, antwortet der Professor, seine Augen sind feucht: »Heute Nacht haben Sie mich glücklich gemacht, junger Mann«, er hebt sein Glas, wischt sich über die Augen: »Vielen Dank dafür.«

Seine Offenheit rührt mich.

Albert, der Wirt, stellt ein weiteres Glas Bier auf den Tisch. Als er die Karaffe austauschen will, winkt der Professor ab: »Ich habe genug für heute.«

Die Eingangstür öffnet sich, ein Mann steht im Türrahmen. Er wirkt angespannt, das graue Haar ist über die Stirn gerade geschnitten, sein Gesicht ist bleich. Die tief in den Höhlen liegenden Augen durchsuchen mit grimmiger Miene das Lokal. Obwohl er hager ist, spannt sein Frack über dem Brustkorb. Als er den Professor erspäht, wirft er ihm einen vorwurfsvollen Blick zu, bevor er im nächsten Augenblick wieder verschwindet.

Der Professor wird nervös, sortiert die Schachfiguren in einen Holzkasten. »Für mich wird es Zeit aufzubrechen«, sagt er. Er stellt den Kasten auf das Schachbrett, zieht seine Jacke an.

»Vielen Dank für den Abend, junger Mann«, verabschiedet er sich. »Albert, schreib' an«, ruft er in Richtung Theke.

Die Eile ist ihm unangenehm, kurz darauf ist er aus der Kneipe verschwunden. Ich bleibe sitzen, nippe an meinem Bier, versuche, mir einen Reim auf den überhasteten Aufbruch zu machen.

Albert steht am Tisch der Lenin-Mützen, weckt sie auf: »Jungs, aufstehen. Schluss für heute, ausschlafen könnt ihr zuhause.«

Es dauert einen Moment, bis sie zu sich kommen. Schlaftrunken torkeln sie auf die Beine. Der ältere der beiden nestelt einen Geldschein aus der Tasche und steckt ihn dem Wirt zu: »Ist gut so, Albert.«

»Hilf deinem Kumpel«, sagt Albert und bringt sie zur Tür. Angeschlagen schaukeln sie aus dem Lokal.

Ich gehe zur Theke, der Vogel ist wach, sieht mich vorwitzig an.

Albert schenkt mir einen Jägermeister ein, ich trinke das Glas in einem Zug aus.

Siegfried spielt mit seinem Handy.

»Wer war denn das?«

Albert lacht: »Der den Professor abgeholt hat?«

Ich nicke.

»Das war Edgar, der Totengräber. Du solltest mal seinen Wagen sehen. Der hat so'nen riesengroßen Amischlitten mit Aufbau. Schwarz lackiert mit weißen Kreuzen drauf. Ist manchmal richtig gruselig, wenn er vor der Kneipe parkt.«

»Und was hat dieser Edgar mit dem Professor zu tun?«, frage ich.

Wieder lacht Albert. »Edgar und der Professor sind ein Paar. Die beiden waren schon zusammen, als ich den Laden übernommen habe. Jeden Abend um die gleiche Zeit treibt Edgar den Professor mit eifersüchtigen Blicken aus der Kneipe. Es heißt, dass der Professor Edgar kennengelernt hat, als die Mutter des Professors die Kellertreppe herunterstürzte. Edgar war ihr Totengräber, kurz darauf ist er mit dem Professor zusammengezogen. Die beiden wohnen nur ein paar Häuser vom *Toten Winkel* entfernt.«

Ich deute auf die Jägermeisterflasche, Albert schenkt nach. Er hat das Radio angestellt, Musik aus den Sechzigern knarzt aus den kleinen Lautsprechern. Die *Stones; Paint it black.*

Die Mädchen kreischen, bewegen ihre Oberkörper zum Takt der Musik. Ich schmunzle, fühle mich als Mitglied der Kneipenbande.

Mit einem Mal steht Siegfried neben mir, zieht einen Barhocker heran. Sein schneeweißes Gebiss grinst mich an.

Mit der Perücke, dem blauen Lidschatten und der Wimperntusche sieht er seltsam aus, seine Bewegungen sind ungelenk. Ich finde ihn sympathisch, er scheint mich ebenfalls zu mögen.

»Geiler Lade, gell«, sagt er mit breitem hessischen Akzent.

Ich nicke, grinse: »Super Abend. Darf ich dir ein Bier ausgeben?«

Er winkt ab: »Bier, nee lossemol, Schätzsche«, er blinzelt mit den Augen: »Awwer zu em Malibu uff Eis deed isch nedd noa soache.«

Albert hat zugehört, ich nicke.

»Woas dreibd disch doher in die Kneib?«, fragt Siegfried.

Ich überlege kurz: »Die Sehnsucht«, sage ich, finde die Antwort gar nicht so unpassend.

Siegfried schmunzelt: »Aha, Schätzschen is uffde Such noach de Sehnsucht.«

Der Malibu kommt, Siegfried nippt am Glas: »Unn? Hoaschde die Sehnsucht schunn gfunne?«

Ich denke nach, hebe die Schultern.

»Vielleischt willschde joh e bissel nachhelfe?«, herausfordernd sieht er mir in die Augen.

Erschrocken weiche ich zurück.

Siegfried lacht: »Noa, Dummersche, nedd mid mir.«

Stattdessen öffnet er langsam seine Faust, auf der Handfläche liegt eine kleine, grüne Kapsel.

»Kloaner Stimmungsuffheller«, er lächelt: »Befriedischd die Sehnsucht.«

Ich werfe einen raschen Blick zu Albert. Unbeteiligt wischt er mit einem Lappen über die Theke.

»Hoaschde soebbes schunn emol probierd?«

Ich schüttele den Kopf, bin ein wenig verlegen.

»Doann werds awwer Zeit.«

Ich überlege, sehe mich um.

Albert poliert noch immer die Theke, der Vogel ist wach,

springt munter von Stange zu Stange, die Mädchen quatschen.

Ich fühle mich gut, habe das Gefühl, am richtigen Ort zu sein. Vielleicht sollte ich es damit gut sein lassen.

Nein, nicht heute Nacht. Diese Nacht ist etwas Besonderes, in dieser Nacht breche ich endgültig mit meinem alten Leben.

»Okay, ich versuche es«, antworte ich Siegfried.

Er grinst: »Gude Endscheidung.«

Aufgeregt frage ich: »Was muss ich tun?«

Er sieht mich an: »Blous des kloane Ding doa nunnerschlugge. Doann wardsde, bis disch die Gliggsfee holt.«

»Mach dein Mund uff«, sagt Siegfried.

Er legt mir die Kapsel auf die Zunge. Ich schlucke sie herunter, spüle mit Bier nach.

Siegfried grinst. Albert, der Wirt, grinst, der Vogel zwitschert.

»Mach' mer noch en Malibu«, sagt Siegfried zu Albert.

»Was bin ich dir schuldig?«, frage ich Siegfried.

»Nix«, lächelt Siegfried: »Isch mag disch, Schätzsche«, seine Hand streicht über meine Wange.

Licht fällt von der oberen Etage auf die Treppe. Sofort dreht Albert die Musik leiser, sieht hinauf. Die Mädchen auf dem Sofa verstummen, heben mit großen Augen die Köpfe. Siegfrieds Adamsapfel tanzt, regungslos steht er neben mir, starrt nach oben. Der Vogel hat aufgehört zu zwitschern. Es ist mucksmäuschenstill.

Ein Schatten legt sich über die Treppe, langsam steigt jemand herab. Ich höre spitze Absätze auf Holz schlagen, trotzdem klingt es sanft, fast harmonisch.

»Roxy«, flüstert Siegfried, ohne die Augen von der Treppe zu nehmen.

Mich hat dieses bizarre Schauspiel nun ebenfalls erfasst.

Zuerst sehe ich nur Beine, schmale Füße in glänzenden High Heels, schlanke Fesseln, wohlgeformte Oberschenkel.

Rhythmisch schwingen ihre Hüften, ein schwarzer Kimono mit Drachenmuster bedeckt schneeweiße Haut, ein rotes Bustier aus feiner Spitze verdeckt die Brüste. Auf der letzten Stufe bleibt sie stehen, schaut in meine Richtung.

Sie ist schlank, nicht sehr groß, dunkle Haare fallen auf ihre Schultern. Ihre rot geschminkten Lippen bilden einen sinnlichen Kontrast zum seidenweißen Teint ihrer Haut. Sie ist nicht mehr ganz jung, doch das verstärkt nur ihre erotische Ausstrahlung. Der Stoff des Kimonos klafft auseinander, legt die Innenseite ihres Oberschenkels frei.

Es fällt mir schwer, die Augen von ihr zu nehmen.

»Hallo Fremder, ich bin Roxy«, haucht sie mit verrauchter Stimme, bevor sie in Richtung des Plüschsofas davon stolziert. Die Mädchen springen auf, raffen ihre Sachen zusammen, stöckeln rasch durch die Kneipe und eilen die Treppe hinauf.

Roxy setzt sich in die Mitte des Sofas, schlägt die Beine übereinander. Der Kimono gibt den Blick auf ihre Schenkel frei.

»Albert, dreh' die Musik wieder an. Und du, Fremder, komm zu mir.«

Es sind keine Bitten, es sind Befehle.

Ich sehe zu Siegfried, er grinst und zuckt mit den Achseln.

Aus den Lautsprechern tönt *Ganz Paris träumt von der Liebe*, ein uralter Schlager von Caterina Valente.

Ich habe das Verlangen ihrer Anweisung Folge zu leisten, steuere wie in Trance auf das Sofa zu.

Sie mustert mich, ihr Blick ist streng, sie ist Cleopatra, ich bin ihr Sklave.

»Champagner, Albert, bring' uns Champagner«, klatscht sie in die Hände.

Ihre Hand tätschelt das Polster, sie fordert mich auf, neben ihr Platz zu nehmen. Verlegen wie ein Teenager setze ich mich neben sie.

Sie rückt an mich heran, unter dem Kimono schimmert ihre schneeweiße Haut. Helle Augen dominieren ihr Gesicht, ihr Parfum duftet nach Lavendel. Ich schiele zum Dekolleté, zu ihrem Busen, der unter dem roten Bustier hervorblitzt.

Sie zündet sich eine Zigarette an, die auf einer Spitze steckt. Es erregt mich, wie sie die Spitze zwischen ihre blutroten Lippen schiebt.

»Der Champagner, Roxy«, reißt Albert mich aus meiner Fantasie.

Er öffnet die Flasche mit einem lauten Plopp, Roxy kreischt. Albert reicht mir ein Glas.

»Sag' mir deinen Namen, ich will nicht mit einem Fremden anstoßen«, sagt Roxy.

Ich überlege kurz. »Jurek«, sage ich: »Mein Name ist Jurek.«

Es ist ein Reflex. Ich weiß nicht, warum ich diesen Namen sage. Er ist aufrichtiger als meiner, enthält mehr Wahrheit, wird dieser Nacht gerechter. Heute Nacht will ich Jurek sein, weil Jurek hierher passt und ich nicht.

»Jurek, also?«, höre ich Roxy sagen. Sie sieht mich durchdringend an: »Du siehst gar nicht aus wie ein Jurek.«

Sie lächelt: »Aber mit einem Jurek kann ich leben, solange du es kannst.«

Wir stoßen an, schauen uns in die Augen.

»Du hast dich lange mit dem Professor unterhalten, ich habe euch von oben beobachtet.«

»Ein interessanter Mann, der in seiner Vergangenheit lebt«, sage ich.

Sie schmunzelt: »Leben wir nicht alle in der Vergangenheit? Wird nicht das Leben nach vorne gelebt und erst nach hinten verstanden?«

Ich will etwas erwidern, doch das Nachdenken fällt mir schwer. Ich murmele etwas.

Sie lacht: »Siegfried hat dir etwas gegeben.«

Siegfried sitzt auf dem Barhocker an der Theke und grinst. Sein Gebiss erinnert mich an eine Palisadenmauer aus Elfenbein.

»Du gefällst mir, Jurek«, sagt Roxy.

Ihr Gesicht ist jetzt dicht vor meinem, im nächsten Augenblick drückt sie ihre Lippen fest auf meinen Mund. Sie schmeckt nach Honig, Ich spüre ihre Zunge, lege meine Arme um sie, will sie heranziehen, doch sie hält mich auf Abstand.

»Nicht hier«, flüstert sie.

Es dauert, bis ich verstehe. Ich nicke. Mein Verstand ist ausgeschaltet, ich habe Mühe, mich zu kontrollieren.

Roxy steht auf, nimmt meine Hand. Sie dirigiert mich zum Ausgang, der Weg bis zur Tür kommt mir ewig vor.

Siegfried grinst, Albert steht hinter der Theke, lacht, er hat sich ein Handtuch um den Kopf gebunden. Der Vogel sitzt auf seiner Schulter. Siegfried hält eine grüne Tablette in der Hand, sie ist groß wie eine Frisbeescheibe, der Vogel schlägt mit den Flügeln und trällert den *Narrhallamarsch*.

Ich muss zwei Mal hinschauen, alles verschwimmt vor meinen Augen.

Draußen auf der Straße ist es frisch, wir spazieren den Bürgersteig entlang. Kleine Feen tanzen in den Glaskugeln der alten Gaslaternen, spielen mit fluoreszierenden Zauberstäben. Sanfte Geräusche dringen vom Hauptbahnhof herüber, hören sich an wie das Surren einer Spielzeugeisenbahn. Meine Lunge ist groß wie ein Ballon, ich kann auf dem Mond spazieren gehen.

Roxy stoppt vor dem rosafarbenen Bulli.

»Das ist mein *Magic Bus*«, flüstert sie und öffnet die Seitentür.

Sie schiebt mich hinein, klettert hinterher und schließt die Tür. Buntes Licht fällt auf eine Matratze mit pinkfarbenem

Betttuch, am Kopfende liegen zwei Kissen mit Perserkatzen-Motiv.

Ich streife meine Schuhe ab, setzte mich auf die Matratze. Sie ist weich, so weich, dass ich einen Augenblick das Gefühl habe, darin zu versinken. Rasch lasse ich mich auf den Rücken fallen. Meine Sinne spielen verrückt. Es ist, als sitzt ein Fremder in meinem Kopf, der mein Bewusstsein dirigiert. Ich fühle mich gut, ohne Verantwortung.

Roxy steht zu meinen Füßen, lässt mich nicht aus den Augen, beobachtet mich, wie eine Raubkatze ihre Beute. Langsam gleitet ihr Kimono herab. Ich starre auf ihren Körper, blasse, unschuldige Haut. Nur Bustier und Slip bedecken noch ihre Brüste und Scham.

Ihre Hände verschwinden hinter dem Rücken. Sie lächelt. Mein Kopf besteht nur noch aus Augen, mein Gehirn produziert einen einzigen Gedanken. Sie kniet sich auf die Matratze, beugt sich nach vorne. Ich verschwinde zwischen ihren Brüsten. Sie bedeckt mich mit Küssen und zärtlichen Bissen, ich rieche Parfum, das sich mit dem Duft ihrer Haut mischt.

Ihre kleinen Hände sind überall. Sie schaut auf, ihre Augen funkeln, sie lächelt, senkt langsam den Kopf. Meine Hände fassen ihren Nacken, das weiche Fell eines Leoparden. Ungestüm greife ich in ihre Haare, packe ihre Schultern. Ich bin nicht mehr ich selbst, in meinem Kopf tanzen Gehirnzellen in bunten Farben umeinander.

Sie hebt den Kopf, bleckt die Zähne und schnurrt wie eine Katze. Im nächsten Augenblick schlängelt sie sich unter mir hindurch. Ihr Körper ist warm und weich. Sie bäumt sich vor mir auf, kniet sich hin und streckt mir ihren Po entgegen.

Ich fasse ihre Hüften, bin willenlos, ohne Bewusstsein. Ein Objekt, angetrieben von der Energie grenzenloser Lust.

Sie stöhnt, die Begierde kocht wie Lava in ihr, ist bereit

herauszubrechen. Ich will aufholen, will gemeinsam mit dieser Königin der Sinnlichkeit explodieren. Ich bewege mich schneller, wir liefern uns einen Wettstreit der Leidenschaft.

Im nächsten Augenblick zerbersten tausend Bilder in meinem Kopf. Unsere Schreie hallen von den Wänden des Bullis wider. Erschöpft verharren wir wie zwei Honigbienen am Kelch einer Wildblume.

Ich lasse sie los, rolle zur Seite, mein Atem geht schwer. Roxy liegt neben mir, Schweißperlen stehen auf ihrer Stirn.

»Jurek, lieber Jurek«, haucht sie.

Meine Gedanken sind in Watte gepackt, noch immer dröhnt mir der Schädel von Siegfrieds Wunderpille.

»Möchtest du eine Zigarette?«, fragt sie.

»Gerne«, antworte ich.

Sie zündet zwei Zigaretten an, reicht mir eine weiter.

Wir rauchen schweigend, ich genieße den Augenblick der Stille.

»Was hast du als Nächstes vor?«, fragt Roxy nach einer Weile, bläst den Rauch zum Wagenhimmel.

»Keine Ahnung«, antworte ich, ohne zu überlegen. Ich habe mir noch keine Gedanken gemacht. Vielleicht hat Roxy recht und es wäre gut, eine Idee zu haben.

»Hier kannst du nicht bleiben.«

Verwundert sehe ich sie an. Sie lacht: »Du passt nicht hierher, nicht zu uns. Du musst woanders weitersuchen, mein kleiner Jurek.«

»Wieso glaubst du, dass ich auf der Suche bin?«

Sie lässt sich mit der Antwort Zeit, zieht an der Zigarette, der Rauch entweicht langsam aus ihrem Mund.

Ich will wissen, was sie über mich zu wissen glaubt, was nicht einmal ich selbst über mich weiß.

»Was macht der kleine Jurek sonntagnachts in einer heruntergekommenen Kneipe im Frankfurter Bahnhofsviertel?«

Ich antworte nicht.

»Er ist auf der Suche nach Antworten«, sagt Roxy: »Aber seine Antworten wird er hier nicht finden.«

Fassungslos schaue ich sie an, meine Züge entgleiten mir. Ist es so offensichtlich? Steht mir meine Unsicherheit ins Gesicht geschrieben? Ich wende mich ab, wälze mich zur Seite.

Noch immer wirkt Siegfrieds Tablette, einen Moment lang schwebe ich im Himmel, im nächsten Augenblick blicke ich in den Abgrund.

Meine Hände zittern, ich spüre etwas Feuchtes auf meinen Wangen. Es sind Tränen, meine Tränen. Ich weine, schluchze wie ein kleines Kind.

Roxy nimmt mich in den Arm. Wie durch Watte dringt ihre Stimme zu mir durch.

»Jurek, mein kleiner Jurek, ich bin bei dir, ich halte dich fest, du bist nicht allein.«

Sie streicht mir über den Kopf, drückt mich an ihre Brust.

Ich schäme mich, fühle mich hilflos, suche Schutz in der Wärme ihres Körpers.

Nur langsam beruhige ich mich, schaue in ihre verständnisvollen Augen. Selbst wenn ich meine Gefühle verbergen wollte, hätte ich keine Chance, sie durchschaut mich.

Wir schweigen, ich genieße die Geborgenheit des Moments. Nach einer Weile richte ich mich auf, überfordert mit all den Gedanken, die mir im Kopf herumschwirren.

»Was soll ich tun?«, frage ich.

»Was würdest du denn gerne tun?«, fragt Roxy.

»Ich weiß es nicht. Ich weiß nur, das ich nicht zurück nach Hause will.«

»Dann musst du weitersuchen.«

»Aber wo?«

Roxy zündet sich eine Zigarette an.

»Das kann ich dir nicht beantworten. Ich bin in Frankfurt geboren und niemals hier herausgekommen.«

»Ich fürchte, es ist nicht der Ort, es ist das Fieber meiner Seele.«

»Dann geh' dorthin, wo du dich wohlfühlst, du das Gefühl hast, dass deine Seele zur Ruhe kommt.«

»Berlin«, murmele ich.

Es klopft an die Fensterscheibe. Roxy setzt sich auf, zieht den Vorhang zurück. Siegfried drückt die Nase gegen die Scheibe. Er grinst.

»'s werd schunn hell«, ruft er: »Wollt ehr gar nimmer rauskumme?«

Er trommelt mit den Fingern gegen das Fenster: »Uffsteje, Kinnerscher. Roxy, isch brauch' dein Libbestift. Isch muss schaffe.«

Roxy zieht den Vorhang wieder zu.

»Zwei Minuten«. ruft sie.

Sie streift ihren Kimono über.

»Zieh' dich an, Siegfried bringt dich zum Bahnhof.«

Ein paar Minuten später stehen wir neben dem Bulli auf dem Bürgersteig, der Morgen dämmert. Siegfried hat sich umgezogen, er trägt ein dünnes Sommerkleid, das ihm bis knapp über die Knie reicht.

»Albert hot misch nausgeworfe. Er wolld Schluss mache unn ins Bedd gehe«, grummelt Siegfried, während er sich mit Roxys Lippenstift am Außenspiegel die Lippen schminkt.

»Nimmst du unseren Jurek mit zum Bahnhof? Er will nach Berlin.«

»Berlin?«, kokettiert Siegfried: »Die grous weid' Weld.«

Roxy zieht mich zu sich heran, gibt mir einen Kuss auf den Mund. »Pass auf dich auf, mein kleiner Jurek.«

Sie stöckelt in Richtung Kneipe davon. Ohne sich noch einmal umzudrehen, verschwindet sie in der Eingangstür. Ich sehe ihr wehmütig hinterher.

»Jetz mach schunn«, sagt Siegfried. Er tritt von einem Fuß auf den anderen: »Mir is arschkald.«

Ich ziehe meine Jacke an, streife den Rucksack über. Siegfried hat ihn aus der Kneipe mitgebracht. Wir machen uns auf den Weg zum Bahnhof.

Siegfried zetert über seine zu engen High Heels, beschwert sich, dass er keine Lust hat, sich um schlecht gelaunte Freier zu kümmern.

Am Bahnhofsplatz nimmt er mich in den Arm, verabschiedet sich mit einem Kuss auf meine Wange. Kurz darauf ist er in einem Nebeneingang verschwunden.

Die abrupte Einsamkeit ist ungewohnt.

Aus der Bahnhofshalle trudeln die ersten Pendler. Männer in grauen Anzügen, Frauen in uniformen Kostümen, Büroangestellte, schlaftrunken, die Mundwinkel nach unten gebogen. Es ist Montagmorgen.

Die Sonne geht auf, eine weitläufige, grasbewachsene Landschaft zieht vorbei. Ich bin müde, mir dröhnt der Kopf.

Seit sechs Uhr vierzehn bin ich mit dem ICE in Richtung Berlin unterwegs, gönne mir ein Ticket erster Klasse. Zuvor habe ich in Gesellschaft von Stadtstreichern, Prostituierten und Bahnarbeitern geduscht. Der Einfall, die öffentliche Dusche am Bahnhof zu benutzen, stammte von Siegfried. Das Wasser war zwar eiskalt, dafür war der Kaffee, den die Heilsarmee vor der Toilette verteilte, heiß und kostenlos.

Ich bin der Einzige im Abteil, sitze am Fenster.

Ich habe versucht, ein wenig in meinem Buch zu lesen, aber die Buchstaben verschwimmen vor meinen Augen. Nun schaue ich aus dem Fenster, die aufgehende Morgensonne beruhigt meine Nerven. Meine Gedanken sind in Nebel gepackt, vor meinem geistigen Auge ziehen Bilder der vergangenen Nacht vorbei.

Ich denke an Jurek Bender, sehe ihn in einer Zelle darüber nachgrübeln, seine Mireille zurückzugewinnen. Nicht weit von ihm entfernt, in einem Büro, erstellt der Staatsanwalt gerade die Anklageschrift, die über Benders weiteres Leben entscheidet.

Ich denke an den Professor, der vor seinen Schachfiguren sitzend in seiner Vergangenheit schwelgt, damit er die Gegenwart erträgt.

Ich grüble über Roxy und Siegfried nach, die Tag für Tag um ihre Existenz kämpfen, um nicht in den Abgrund zu stürzen.

Und ich denke an mich, der ich durch Zufall auf eine fremde Welt gestoßen bin, weil ich mich entschlossen habe, den Sonntagabend nicht vor der Glotze zu verbringen und nach der Wahrheit zu suchen.

Sanft gleitet der Zug dahin, ständig fallen mir die Augen zu, immer wieder ziehe ich die Lider nach oben, wehre mich dagegen, einzuschlafen. Doch die Müdigkeit fordert ihren Tribut, ich nicke ein. Kein Schlaf, eher ein Dämmern zwischen Traum und Wirklichkeit.

»Da sind noch Plätze frei. Kacke, der Fensterplatz ist besetzt. Eigentlich will ich am Fenster sitzen«, ertönt eine Stimme: »Dann setzen wir uns gleich hier vorne hin. Setz' dich mir gegenüber.«

Die Schiebetür wird zugezogen.

Vorsichtig öffne ich ein Auge. Ein Mann sitzt neben dem Eingang, ein schlaksiger Typ mit schütterem Haar und Vollbart. Vis-à-vis von ihm hat eine junge Frau Platz genommen. Sie trägt eine bunte Bluse mit modischem Karo-Muster. Ihr Gesicht kann ich nicht erkennen, nur ihre blonden, kurzgeschnittenen Haare.

Die mittleren Plätze bleiben unbesetzt.

Ich schließe mein Auge wieder.

»Du hast doch hoffentlich das Laptop nicht vergessen?«, sagt er.

»Alles gut, Christian entspann dich«, erwidert sie genervt.

»Und das WLAN funktioniert?«, ignoriert er ihre Antwort: »Bis zur Redaktionskonferenz muss die Story stehen. Hast du Marion erreicht?«

»Sie weiß Bescheid. Sie wartet darauf, dass wir sie in den *Call* holen.«

Er lacht: »Brave Marion. Für ihre Karriere tut die alles. Die hat als kleiner Schreiberling bei der Zeitung angefangen, inzwischen ist sie Hauptstadtkorrespondentin, wird in jede noch so bescheuerte Talkshow eingeladen. Sie redet wie ein Buch, ist übergewichtig und sieht scheiße aus. Mit so jemandem identifizieren sich die Leute, jedenfalls die meisten in dieser traurigen Republik.«

»Chrissstiaaaan. Bitte. So darfst du nicht reden«, beschwert sie sich, ohne sich allerdings allzu viel Mühe zu geben, ihre Schadenfreude zu verbergen.

»Was denn? Der deutsche Biedermeier mag so etwas. Wenn die hübsch und schlank wollten, könnte ich auch dich schicken.«

Sie kichert, ergründet, ob er es ernst meint, es ihr tatsächlich zutrauen würde: »Aber dann wärst du ja bekannt wie ein bunter Hund und ich müsste mich vorher anmelden, wenn ich dich vögeln will.«

»Das reicht jetzt aber, Christian, das muss ich mir nicht anhören.«

»Beruhig' dich, Sybille, ganz easy. Wir blödeln hier doch nur ein wenig herum«, versucht er zu beschwichtigen.

Sie schweigt. Ich höre, wie in Papieren geblättert wird.

»Du willst das also wirklich durchziehen?«

»Warum denn nicht?«, seufzt er.

»Nun ja, ich dachte, wir sind immer noch eine seriöse Zeitung.«

Schweigen.

»Und du bist ihr Chefredakteur.«

Er lacht bitter: »Ja genau. Ich bin ihr Chefredakteur. Und damit wir, also du und ich, und alle unsere Kollegen, nicht auf der Straße landen, muss ich zusehen, dass die Finanzen stimmen«, sagt er ernst: »Weißt du, wie viele Abonnenten und Anzeigenkunden uns in den beiden letzten Jahren abhandengekommen sind?«

Sie antwortet nicht.

»Unser Umsatz ist zweistellig eingebrochen, unsere Branche wird digital, überall schießen Newsportale wie Pilze aus dem Boden. Wenn das so weitergeht, ist unsere Zeitung in zwei, maximal drei Jahren pleite.«

Er seufzt: »Eine der größten deutschen, überregionalen Tageszeitungen, pleite, kannst du dir so etwas vorstellen?«

Stille.

»Aber den anderen Blättern geht es nicht besser, alle kämpfen ums Überleben. *It's the economy, stupid.* Wer hat das nochmal gesagt?«

»Bill Clinton, bei seinem Präsidentenwahlkampf 1992«, antwortet Sybille.

»Siehst du, Schätzchen, selbst als Politiker hat er damals schon kapiert, worauf es ankommt.«

»Aber das ist doch ein alter Hut.«

»Ein alter Hut«, er ist gereizt: »Du willst es nicht verstehen. Wenn die Zahlen nicht stimmen, dann hat alles andere keinen Sinn. Das haben Wirtschaft, Politik und leider auch die Medien gemeinsam.«

»Wir sind ein Wirtschaftsunternehmen wie alle anderen auch«, sagt er: »Umsatz minus Kosten gleich Gewinn. So einfach ist das. Wenn der Umsatz nicht stimmt, muss ich Leute rausschmeißen, wenn ich keine Leute mehr habe, die ich rausschmeißen kann, weil zwei Drittel meiner Redakteure bereits auf der Straße sitzen, muss ich mir eben etwas Neues einfallen lassen.«

»Besseren Journalismus machen«, antwortet sie trotzig.

Er lacht: »Besseren Journalismus? Du machst mir Spaß. Für wen denn? Für die Generation Digital Natives? Schlecht ausgebildet, desinteressiert und Schlagzeilen fixiert. Infos nur noch aus dem Netz. Glaubst du wirklich, die wollen besseren Journalismus?

Die großen Zusammenhänge kapieren die schon lange nicht mehr. Niemand interessiert sich heute noch für Fakten, wir leben in der post-faktischen Ära. Schlagworte, Breaking News, Emotionen, Drama und Bilder. Alles nur noch Unterhaltung, *Tittitainment*, kein Interesse mehr an der Wahrheit.«

Er lacht: »Mit Unterhaltung meine ich: Bomben im Nahen Osten, den kleinen, dicken Clown in Nordkorea mit seinem Atomspielkasten. Oder den Ziegenficker vom Bosporus und natürlich unsere Heidi. Die Heidi darf nicht fehlen, ebenso wenig der Hengst, der sie gerade bespringt.

Anschließend verpassen wir unseren Geschichten noch ein *könnte* oder *vielleicht* und so avanciert selbst der vielzierte Sack Reis in China, so er denn umkippt, zu einem globalen Desaster.«

»Blödsinn«, schmollt Sybille.

»Blödsinn? Das ist kein Blödsinn. Außerdem, warum sollen wir uns überhaupt krumm machen? Uns Journalisten schützt die Freiheit der Information. Ehrlich gesagt ist mir die Pressefreiheit lieber als ein Dutzend Schutzengel. Ich kann schreiben, was ich will, ich kann behaupten, was ich will, ich kann denunzieren, wen ich will.

Wenn mir irgendwer blöd kommt, lege ich meine Hand auf die Paragrafen der Pressefreiheit, schon ziehen alle die Schwänze ein.«

»Es gibt Regeln«, widerspricht sie ihm.

»Regeln?«, brummt er: »Welche Regeln, Schätzchen? Wir sind es, die die Regeln aufstellen, wir sind es auch, die sie wieder abschaffen.«

»Pressefreiheit also?«, seufzt sie.

»Ganz genau. Informationsjournalismus war gestern, heute arbeiten wir als Meinungsjournalisten, stehen außerhalb von Exekutive, Judikative und Legislative«, er lacht: »Mit dem Unterschied, dass wir uns von niemandem wählen oder gar kontrollieren lassen müssen.«

»Das Allerbeste ist«, fährt er fort: »Von diesen unterbelichteten, schlecht ausgebildeten Schwachköpfen da draußen bekommt das noch nicht einmal einer mit. Die übernehmen völlig unreflektiert unsere Ansichten. Wir haben die moralische

Deutungshoheit, wir sind Lichtgestalten, wir sind Gott.«

»Bleib auf dem Teppich, Christian.«

Er seufzt: »Ja, du hast Recht, wir sind nicht Gott, wir sind leider nur ein Gott unter vielen, weil wir uns den Olymp mit den anderen Blättern, dem Fernsehen und den Netzportalen teilen müssen. Alles natürlich im Sinne der Überparteilichkeit; will heißen; links, weil konservativ tot ist.«

»In Ordnung, Christian, ich hab' verstanden. Bevor du dich also gleich selbst zum Gott erhebst, lass' mich dich bitte daran erinnern, dass wir in ein paar Minuten den Call mit Marion haben, wir sollten uns also langsam etwas ausdenken.«

Widerstrebend akzeptiert er.

»Du möchtest also wirklich den Innenminister unseres bevölkerungsreichsten Bundeslandes in den Dreck ziehen?«, fragt Sybille.

Im ersten Moment glaube ich, mich verhört zu haben. Nur mit Mühe gelingt es mir, mich weiterhin schlafend zu stellen. Meine beiden Mitreisenden erinnern sich, dass sie nicht alleine im Abteil sitzen.

»Moment mal, was ist mit dem da?«, fragt Christian.

»Der schläft.«

»Bist du dir da sicher? Ist mir zu gefährlich.«

»Hey, Sie da«, blafft sie mich an.

Ich halte meine Augen geschlossen, hoffe, dass sie es bei einem Versuch belässt.

»Sie da. Hallo!«

Sie gibt nicht auf.

»Lass' ihn doch, er schläft«, versucht er sie von ihrem Vorhaben abzubringen.

»Du hast gesagt, das sei dir zu gefährlich. Vielleicht tut er aber auch nur so.«

»Wenn du ihn aufweckst, müssen wir uns etwas einfallen

lassen, wir haben nicht mehr viel Zeit«.

»Dann wechseln wir eben schnell das Abteil.«

»Hey, Sie da, wachen sie auf«, wendet sie sich wieder zu mir. Ich kann sie nicht länger ignorieren, verschlafen öffne ich erst das eine, dann das andere Auge.

»Siehst du, er ist wach.«

»Jetzt schon«, brummt er.

Nun kann ich die beiden genauer in Augenschein nehmen. Er fixiert mich über den Rand einer Lesebrille, sein Jackett ist zerknittert, die speckigen Wildlederschuhe glänzen im einfallenden Sonnenlicht.

Sie glotzt mich misstrauisch an. Sie ist noch jung, nicht älter als fünfundzwanzig, ihre platinblonden Haare unterscheiden sich kaum von ihrer ungesunden Gesichtsfarbe. Auf ihren Knien liegt ein Laptop.

Sie warten auf meine Reaktion.

»Désolé. J'ai dormi. Que puis-je faire pour vous? Je ne vous comprends pas.«

Die Idee ist mir spontan gekommen, mein Französisch ist seit meinem Studienaufenthalt in Bordeaux recht passabel.

»Was spricht er da? Französisch?« Er sieht sie fragend an.

»Ja, ich glaube, aber ich weiß es nicht. Ich spreche kein Französisch«, antwortet sie.

»Also spricht er kein Deutsch?«

Sie sieht mich an: »Verstehen Sie Deutsch?«, fragt sie, gestikuliert mit den Händen.

Ich sehe sie mit großen Augen an, hebe die Schultern und sage: »Désolé.«

Sie wirft ihm einen Blick zu, er nickt, murmelt: »Umso besser, dann haben wir unsere Ruhe.«

Beschwichtigend fuchtelt sie mit den Händen: »Entschuldigen Sie bitte. Wir wollten Sie nicht aufwecken. Schlafen Sie weiter.« Sie presst ihre Handflächen gegeneinander, lehnt den Kopf dagegen.

Ich deute auf meine Ohren, schüttele den Kopf, dann lehne ich mich gegen das Polster, schließe beide Augen.

»Willst du trotzdem das Abteil wechseln?«, fragt sie.

»Nein, lass' mal jetzt, die Zeit ist zu knapp. Ruf Marion an, und Tiberius.«

»Tiberius?«, stöhnt sie.

»Schätzchen, ich weiß, du magst ihn nicht, aber er hat die besten Ideen.«

»Wenn es denn unbedingt sein muss«, murmelt sie.

Ich höre, wie mit einem Handy hantiert wird, ein Rufzeichen ertönt, kurz darauf meldet sich eine Frauenstimme.

»Hallo Marion, schön, dass du Zeit hast. Noch einen Moment, wir holen Tiberius in die Leitung«, sagt Christian, der Chefredakteur.

Erneut ein Rufzeichen.

»Er nimmt nicht ab«, sagt Sybille.

»Dann schick ihm eine Nachricht.«

»Warum ich?«

»Weil ich es dir sage«, reagiert er genervt.

Eine tiefe Männerstimme ertönt aus dem Handy.

»Hallöchen. Hier ist Tiberius, gutgelaunt bei einer Tasse Kaffee und herrlichem Sonnenschein auf seiner Terrasse in Berlin-Mitte. Ich hoffe, Euer Dasein mutet genauso wunderbar an, denn ansonsten ...«

»Okay, Tiberius, wir haben verstanden. Danke, dass du dir die Zeit nimmst«, unterbricht ihn Christian.

»Dann sind wir ja jetzt komplett«, übernimmt Sybille: »Das Thema ist allen bekannt. Zeitrahmen; bis heute Nachmittag muss der Artikel online sein. Um einundzwanzig Uhr ist Marion in der Sendung und gießt Öl ins Feuer.«

»Das ist alles sehr knapp, ich weiß gar nicht, wie ich mich da vorbereiten soll«, Marion ist nervös.

»Locker bleiben, Marion, das schaffst du. Du machst das doch immer gut«, beruhigt sie Christian.

»Findest du? Na ja, du hast ja recht. Ja, eigentlich mache ich das immer gut.« Marion kichert, genießt Christians Streicheleinheiten.

»Außerdem ist der hübsche Grüne auch in der Sendung, den kannst du ja dann anschmachten«.

»Tiberius, ich verbitte mir die Unterstellung, was fällt dir ein? Christian, sag ihm, er soll damit aufhören«, schimpft Marion.

»Alle jetzt den Mund halten«, Christian wird autoritär: »Es liegt viel Arbeit vor uns.«

»Sib«, fährt er fort: »Was haben wir über unseren Mann, mach' uns mal ein bisschen schlauer.«

Sybille räuspert sich: »Herbert Kanter. Katholisch, 63 Jahre alt, seit vierundvierzig Jahren in der Union. Konservativ, braver Parteisoldat, unauffällig. Seit drei Jahren Innenminister in NRW und seit vierzig Jahren verheiratet. Zwei Kinder, beide studieren. Seine Frau ist Hausfrau, ehrenamtliche Vorsitzende des Vereins Tierschutz im ländlichen Raum in dem Dorf, in dem sie wohnen.«

»Ein mausgrauer Schwarzer also«, sagt Christian.

»Warum mögen wir ihn nicht?«, fragt Tiberius.

»Wir haben lange nach einem Profil gesucht. Er ist das perfekte Opfer«, erklärt Christian.

»Die Geschichte soll sich wahrscheinlich möglichst hinziehen?«, fragt Tiberius.

»So lange wie möglich«, bestätigt Christian.

»Wegen der Auflage?«, stichelt Tiberius.

»Spekulier' hier nicht rum«, keift Christian.

»'schuldige ich laber' doch nur«, beschwichtigt Tiberius.

»Können wir jetzt endlich anfangen. Schließlich muss ich mich noch vorbereiten«, nörgelt Marion.

»Marion hat recht«, sagt Christian:»Lasst uns loslegen. Wie wollen wir vorgehen? Vorschläge?«

»Klassisch. Wir nutzen den Mainstream, schüren Emotionen«, prescht Tiberius vor.

»Okay«, sagt Christian, zieht das Wort in die Länge:»Jemand anderer Meinung?«

Stille.

»Also gut, Tiberius, dann skizziere mal deine Idee.«

Tiberius holt Luft:»Wir starten mit dem Online-Artikel. Marion kommentiert ihn am Abend in der Sendung.«

»Den Artikel müsst ihr mir dann aber bald zusenden.«

»Keine Angst, Marion. Ist nur Standardschimpfe. Außerdem wird der Grüne in der Sendung dir schon die Arbeit abnehmen. Was Besseres als unser Artikel kann den Ökos gar nicht passieren«, sagt Tiberius.

»Was willst du reinpacken?«, fragt Christian.

»Ich schau' mal ins Archiv. Der Kanter hat doch während seiner vierzigjährigen Parteizugehörigkeit mit Sicherheit mal was fallen lassen, im Wahlkampf oder am Aschermittwoch. Ob das aktuell ist, interessiert sowieso niemanden. Zuerst einmal zählen wir den moralisch an.«

»Heißt im Klartext?«, fragt Christian.

»Wir machen ihn zum Sympathisanten der Rechten, das empört die Republik. Ein erstes emotionales Gewitter im Netz, heute Abend in der Sendung legt Marion nach, faselt irgendwas von, hätte, könnte, was wäre wenn. Das Übliche eben, das kratzt am unbefleckten Image unseres schwarzen Freundes, die Öffentlichkeit wittert den Wolf im Schafspelz.«

»Ein paar mehr Informationen brauche ich allerdings schon noch«, sagt Marion.

»Ja, Marion«, mischt sich Christian ein: »Du bekommst die Informationen, die du brauchst, heute Abend aber drischst du auf die Konservativen ein, besonders auf den Kanter.«

»Wir müssen die Geschichte weiter ausbauen, denn sobald die Kollegen der anderen Zeitungen Wind von der Sache bekommen, springen die auf den Zug auf, und wir riskieren unsere Exklusivität«, mahnt Sybille.

»Das ist unsere Story und bleibt unsere Story, ich will die Auflagen, ich will die Klicks«, schnauzt Christian: »Wir müssen die Geschichte mindestens zwei Wochen am Köcheln halten. Tiberius, streng dich an, wie geht's nach der Sendung heute Abend weiter?«

»Kanter wird sich wehren«, analysiert Tiberius: »Umso besser, denn sobald er abwiegelt, bekommt die Geschichte erst so richtig Aufmerksamkeit«, Tiberius klingt selbstsicher: »Morgen früh legen wir nach. Wie heißt der Hinterbänkler von den Linken, der uns seit Monaten bekniet, wir sollen mal was über ihn schreiben?«

»Von denen gibt's viele«, lacht Sybille: »Die wollen alle in die Zeitung.«

»Der mit dem todernsten Gesicht, der ein bisschen lispelt«, sagt Tiberius.

»Hubertus Frosch«, erwidert Sybille.

»Genau, den meine ich. Dem bieten wir an, dass wir was mit ihm machen. Im Print und auch Online. Wir geben ihm natürlich vor, was er zu sagen hat.«

»In Ordnung«, sagt Christian: »Und was wollen wir, dass er sagt?«

»Das Wichtigste ist, das wir nachlegen«, sagt Tiberius.

»Das heißt konkret?«, bohrt Christian nach.

»Der Frosch prangert den Kanter an, er sympathisiere mit den Rechten, polarisiere die Gesellschaft und ist als Innenminister nicht mehr tragbar. Pathetisch eben, ein bisschen braun an die Wand gemalt und für die Linken drehen wir die Leier: Proletarier aller Länder vereinigt euch. Das reicht schon mal fürs Erste.«

»Du glaubst, dieser Frosch macht das?«, fragt Marion ungläubig.

»Der macht alles, der will Publicity um jeden Preis«, antwortet Tiberius.

»Der ist doch nur 'ne kleine Nummer, keiner kennt den«, sagt Marion.

»Wir sind die Presse, Marion. Wir entscheiden, wer wichtig ist und wer nicht. Wir machen Menschen klein oder machen sie groß«, belehrt sie Tiberius: »Wenn der Frosch in unserer Zeitung steht, dann glaubt jeder, er sitzt im Bundestag in der ersten Reihe.«

»Gefällt mir«, murmelt Christian: »Sib, kümmer' dich darum, dass dieser Frosch bereitsteht, sobald wir ihn brauchen.«

»Das ist noch nicht alles«, ruft Tiberius »Wir setzen noch einen drauf.« Er wartet einen Moment, ergänzt dann: »Ihr kennt doch diesen YouTuber, diesen schwachköpfigen Influencer, der zu allem eine Meinung hat. Julian Traurig heißt der Typ, hat mehr als zwei Millionen Follower, alles Kids, die ihn anbeten.«

»Ja, ich glaube, ich habe schon von ihm gehört«, sagt Sybille: »Was ist mit dem?«

»Der liefert sich gerade mit einem anderen Influencer, genauso einem Schwachkopf, ein Duell um die Krone im Netz. Wenn wir den Traurig anhauen, ihm weismachen, er bewahre die Jugend vor Nazigedankengut und obendrein sahnt er noch einige tausend Klicks ab, dann macht der bei der Sache sofort mit.«

»Was stellst du dir vor?«, fragt Christian.

»Der Traurig posted ein Video, ähnlich wie dieser bescheuerte Rezo damals, nur eben nicht über die CDU, sondern über den Kanter, den bösen Nazi im Schafspelz. Das geht dann viral«, erklärt Tiberius.

»Keine schlechte Idee«, sagt Christian: »Tiberius, setz' dich mit diesem Traurig in Verbindung, der muss schnellstens was liefern. Ich will mir das aber auf jeden Fall vorher nochmal ansehen.«

»Wird erledigt«, antwortet Tiberius.

»Also gut«, murmelt Christian: »Dann fasse ich mal zusammen. Wir fangen mit dem Online-Artikel an, diffamieren den Kanter, stellen ihn in die rechte Ecke. Nicht zu aggressiv, damit uns niemand vorwirft, wir seien zu blutrünstig. Tiberius, darum kümmerst du dich.

In der Sendung heute Abend greift Marion den Artikel auf, schürt ein paar böse Emotionen. Marion, du rufst vorher die Presseleute von den Grünen an, steckst ihnen schon mal was über den Artikel. Die können dann ihren Mann vor der Sendung mit Argumenten präparieren.«

»Kann ich machen, Christian. Sag mal, wäre es in Ordnung, wenn ich mich aus dem Call verabschiede? Ich weiß ja jetzt, was wir vorhaben, würde mich gerne ein wenig vorbereiten.«

»Ja, ist okay, Marion«, antwortet Christian: »Denk daran, draufhauen heute Abend, Emotionen schüren, wir brauchen Aufmerksamkeit.«

»Ja klar ... und Sib, vergiss nicht, mir den Artikel zu schicken.«

»Klaro, Marion, mach' ich.«

Es knarzt und Marion ist aus der Leitung.

»Weiß gar nicht, was die wieder hat. Von uns allen hat die doch weiß Gott den einfachsten Job«, lästert Tiberius.

Sybille brummt zustimmend.

»Lasst gut sein, wir sind ein Team«, schlichtet Christian:

»Also, wie geht's weiter mit der Geschichte«, wechselt er das Thema: »Heute Abend informieren wir die Öffentlichkeit, dass es braune Sympathisanten bei den Schwarzen gibt. Das nimmt uns jeder ab. Falls jemand auf die Idee kommt, die Meldung zu hinterfragen, kommt er zu spät, weil die Emotionen bereits hochkochen, niemand interessiert sich dann noch für Details.«

»Die Schwarzen werden die Geschichte mit Sicherheit dementieren«, wirft Sybille ein: »Die Rechten werden sich freuen, Empörung bei den Linken und moralische Verurteilung durch die Grünen. Das Übliche eben.«

»Ein mediales Gewitter in allen Netzen und in Print«, sagt Tiberius: »Das wird ein Spaß. Vielleicht haben wir ja Glück und es fliegen ein paar Steine, oder besser noch, ein paar Bullen bekommen auf die Fresse.«

»Ja, das könnte klappen«, pflichtet Sybille ihm bei.

»Aber Christian möchte die Geschichte in die Länge ziehen«, sagt Tiberius: »Wir sollten also überlegen, was wir zusätzlich machen.«

»Du willst noch einen drauflegen?«, fragt Sybille: »Zusätzlich zu dem ganzen Zinnober mit diesem Hubertus Frosch und dem YouTuber?«

»Warte mal, Sib«, sagt Christian: »Tiberius hat recht. Mit dem, was wir bisher haben, hält sich die Geschichte nicht allzu lange in der Öffentlichkeit. Die Schwarzen werden über alle Kanäle dementieren, bieten den Linken einen Deal an, damit der Hinterbänkler Hubertus Frosch zurückrudert. Wenn das Angebot stimmt, opfern die ihren Mann. Who the fuck is Hubertus Frosch?«

»Und einen aus dem linken Spitzenpersonal kriegen wir nicht?«, fragt Sybille.

»Für so ein unsicheres Ding gibt sich keiner her«, murrt Christian: »Und was den YouTuber angeht, spielen die Schwarzen auf Zeit. Damals bei Rezo reagierten sie vollkommen kopflos, den Fehler machen die bestimmt nicht noch einmal.«

»Mit dem, was wir bisher haben, ist die Geschichte nach einer Woche vergessen. Falls die Grünen der Meinung sind, dass es nicht reicht, den Kanter zu kippen, dann gehen die ratzfatz auf Abstand.«

»Also ist das Ganze eine Scheißidee, oder was?«, knurrt Tiberius.

»Nein, Tiberius, nein, die Idee ist klasse«, beschwichtigt Christian: »Aber wir sollten noch was draufsetzen.«

»Lasst uns mal zusammenfassen, was wir bisher haben«, sagt Christian: »Nähe zu den Rechten, Wolf im Schafspelz, Minister polarisiert Gesellschaft, linke Empörung, betrogene Jugend. Was fehlt da noch?«

Schweigen.

»Familie«, plärrt Tiberius ins Telefon, als habe er den Stein der Weisen gefunden: »Irgendwas aus seinem familiären Umfeld. Wenn wir da was konstruieren können, bricht das dem Kanter das Genick, dann lassen ihn auch seine christdemokratischen Freunde fallen.«

»Was ist mit der Ehefrau«, fragt Sybille: »Die sitzt doch die ganze Woche alleine in ihrem Dorf in NRW. Vielleicht hat sie 'ne Affäre, am besten mit dem Pfarrer oder dem Dorfbürgermeister?«

»Niemals, die nicht, ein biederes Hausmütterchen. Unter der Woche zieht sie Gemüse im Garten, am Freitagabend kocht sie Forelle blau, wartet, dass ihr Mann nach Hause kommt. Da läuft nichts nebenher«, antwortet Tiberius.

»Und die beiden Mädchen?«, fragt Christian.

Die Tasten des Laptops klappern.

»Hier habe ich was«, ruft Sybille: »Edith, 24 Jahre alt, studiert Germanistik in Münster. Ihre Schwester, Andrea, 22, studiert Grafik und Design in Berlin. Die Ältere hört sich an wie die Mutter, ist bestimmt nur eingeschrieben, um sich irgendeine reiche Partie aus Westfalen zu angeln.«

»Hast du nicht auch Germanistik studiert, Sib?«, stichelt Tiberius: »Niemanden gefunden?« Er lacht.

»Halt die Klappe Tiberius, kehr' besser mal vor deiner eigenen Tür.«

»Hoho, da habe ich wohl den falschen Knopf gedrückt«, amüsiert er sich.»Hey, ihr beiden«, geht Christian dazwischen: »Lasst uns weitermachen. Was ist mit der Tochter, die in Berlin studiert?«

»Da könnte was gehen?«, sagt Tiberius: »Irgendwas mit Drogen, Alkohol oder eine Affäre mit einem kaputten Typen.«

»Und du meinst, die lässt so was raus?«, fragt Sybille, noch immer ein wenig verschnupft.

»Muss sie gar nicht«, antwortet Tiberius: »Irgendeine eine Freundin oder Kommilitonin ist bestimmt neidisch auf die junge Kanter, schließlich ist der Vater eine große Nummer bei den Schwarzen und Innenminister in NRW.«

»Und das willst du dem Kanter in die Schuhe schieben? Vorbildlicher Christdemokraten-Vater versagt bei der Erziehung seiner Tochter. Drogenmissbrauch, Alkoholorgien oder was auch immer wir finden«, fragt Sybille.

»Ganz genau, was immer wir finden«, sagt Christian: »Tiberius, wie lange brauchst du für einen O-Ton aus dem Umfeld der Tochter?«

»Wenn ich heute noch jemanden darauf ansetze, vielleicht ein oder zwei Tage, nichts Ausführliches, aber irgendetwas springt bestimmt dabei heraus«, sagt Tiberius: »Egal, ob der O-Ton vom Hausmeister, Bäcker oder aus ihrem Lieblingscafé kommt.«

»Prima, so kochen wir den Kanter weich«, freut sich Christian: »Tiberius, du kümmerst dich um die Inhalte, sorg dafür, dass Marion schnellstmöglich ihre Infos bekommt, sonst fängt sie an rumzuheulen. Außerdem siehst du zu, dass du diesen YouTuber an den Haken bekommst. Sib, du nimmst Kontakt zu diesem Hinterbänkler von den Linken auf. Wie heißt er noch? Hubertus Frosch. Tiberius, hast du bereits eine Idee, wen du ins Umfeld der Kanter-Tochter schicken willst?«

»Ich dachte an Emilie, die kommt superunschuldig rüber, der vertraut man schnell mal was an.«

»Emilie ist gut«, sagt Christian: »Aber ein bisschen unerfahren, Sofie soll sie begleiten.«

»Geht in Ordnung«, sagt Tiberius.

»Und du, Sib, setz' dich mit Doris aus der Redaktion in Verbindung. Ich will, dass sie die Zeitschiene koordiniert, wann was an die Öffentlichkeit geht. Aber besprich das nur mit ihr, hörst du? Mir ist wichtig, dass nicht allzu viele Kollegen eingeweiht werden, damit die Geschichte möglichst lange am Köcheln bleibt.«

»Alles klar«, bestätigt Sybille.

»In Ordnung«, sagt Christian: »Noch irgendwelche Fragen?«
Schweigen.

»Okay. Danke für euren Input. Tiberius, Sib und ich sind gegen Mittag in Berlin. Wir sehen uns dann heute Nachmittag in der Redaktionssitzung.«

»Bis heute Nachmittag«, Tiberius verlässt den Call, das Mobiltelefon verstummt.

Brotpapier raschelt, jemand fängt zu kauen an.

»Ich kann Tiberius nicht ausstehen, diesen arroganten Rassisten«, klagt Sybille: »Der würde seine Großmutter verkaufen, wenn er denn eine hätte.«

Christian lacht: »Tiberius ist ein guter Journalist, der viel von seinem Geschäft versteht.«

»Seine Art Journalismus zu machen ist also das Geheimnis, Karriere zu machen?« Sie lässt ihre Worte einen Moment nachwirken, dann schiebt sie hinterher:»Was haben wir eigentlich gegen diesen Kanter? Was hat er uns getan? So ganz hab' ich das noch immer nicht verstanden.«

Christian kaut zu Ende:»Er ist der Richtige zum richtigen Zeitpunkt. Keiner hat den auf dem Radar, der ist medial unverbraucht. Mit ihm können wir unsere Story anreißen und ausbauen.«

»Will heißen, der Kanter hat eigentlich keine Schuld an irgendetwas?«, fragt Sybille.

»Er ist the *weakest link*, das schwächste Glied in der Kette, nenn es, wie du willst. Der Mann ist Politiker, der muss mit so etwas rechnen«, antwortet Christian:»Wie lange bist du jetzt schon meine Assistentin? So etwa ein Jahr, oder?«, er seufzt:»Du solltest langsam wissen, wie der Hase läuft.«

»Ich habe Journalistik studiert, um Journalistin zu sein.«

»Na und? Das bist du doch, oder?«

»Bist du dir da so sicher?«

Christian ist genervt:»Was hast du denn gelernt auf deiner Hochschule?«

»Dass die Medien in einer demokratischen Gesellschaft eine kommunikative Aufgabe übernehmen und am Fortbestand des demokratischen Gesellschaftssystems mitwirken«, erklärt sie verächtlich.

»Und genau das tun wir doch«, sagt Christian:»Seit dem Ende der Aufklärung vor über 200 Jahren leben wir in der Moderne, liberale Systeme und liberale Ordnungen haben sich durchgesetzt. Das gilt für die Politik, die Wirtschaft, die Gesellschaft, natürlich aber auch für die Medien.

Wer heute Durchschnitt ist, hat keine Chance mehr.

Die Leute wollen unterhalten werden, wir sind verpflichtet,

ihnen Unterhaltung zu bieten. Das ist nicht anders als im alten Rom, wir inszenieren die Spiele, treiben die Sau durchs Dorf. Wir sind Teil des Systems.«

Einen Moment bleibt es still.

»Ich weiß nicht, Christian«, zweifelt Sybille: »Ob sich das alles so richtig anfühlt?«

Seine Stimme wird fürsorglich: »Schätzchen, du wirst das schon zu verstehen lernen. Du bist jung und idealistisch. Idealismus ist gut, Idealismus gibt Hoffnung, die Menschen brauchen Idealismus.

Schau dir den Erfolg der Grünen an. Deren Wähler sind alle Idealisten, in der Regierung allerdings wird sie der Realismus einholen.

Wir als Medien helfen, die Balance zwischen Idealisten und Realisten zu wahren, schlagen uns mal auf die eine Seite, mal auf die andere Seite. Überparteilich eben.«

»Solange die Auflage stimmt«, brummt Sybille.

»Unser Wirtschaftssystem ist marktwirtschaftlich organisiert, das heißt, dass auch wir als Zeitung überleben müssen, wie alle anderen auch.«

Sybille lacht höhnisch: »Das glaubst du doch wohl selbst nicht, Christian.«

Er seufzt: »Weißt du was, Sib, lass' uns das ein anderes Mal ausdiskutieren. Bis wir in Berlin ankommen, muss ich noch ein wenig arbeiten. Warum vertrittst du dir nicht ein bisschen die Beine, rauchst 'ne Zigarette auf'm Klo. Wir haben einen anstrengenden Nachmittag vor uns.«

Sie überlegt: »Du hast recht, unsere Diskussion dreht sich sowieso im Kreis, ich geh' auf's Klo, eine rauchen.«

Sybille verlässt das Abteil.

Christian tippt etwas in sein Handy.

»Guten Tag, Herr Dr. Alfred. Ich hoffe, ich störe Sie nicht?«

Christians Stimme hat einen demütigen Ton angenommen. Er lacht gekünstelt.

»Ja. Sie können sich darauf verlassen, das Projekt läuft heute Abend an.«

»Ganz genau. Nein, Sie müssen sich keine Gedanken machen. Er wird anderes zu tun haben, als sich darum zu kümmern, ob ihre Bank die Sanktionen gegen Russland einhält.« Erneut lacht er gestellt.

»Und ich kann mich darauf verlassen, dass die Kredite verlängert werden? So, wie wir es besprochen haben?«, Christians Stimme klingt ernst: »Prima. Dann wünsche ich Ihnen noch einen erfolgreichen Tag. Und bitte grüßen Sie Ihre bezaubernde Frau von mir. Auf Wiederhören, Herr Dr. Alfred.«

Das Gespräch ist beendet, ich höre seinen schweren Atem.

Wieder tippt er etwas ins Handy. Kurz darauf klingelt das Telefon.

»Hallo Barbara. Danke, dass du gleich zurückrufst. Pass' auf, ich hab' nur wenig Zeit für Erklärungen. Ich will, dass du einen Ersatz für Sybille findest, sie scheint mir ein bisschen überfordert mit ihrer Aufgabe.«

Er hört einen Augenblick zu, dann unterbricht er seine Gesprächspartnerin.

»Ich sagte, keine Fragen, finde einfach jemanden. Ich erklär' dir alles heute Nachmittag«, kürzt er das Telefonat ab.

Der Lautsprecher kündigt die Ankunft des Zuges im Berliner Hauptbahnhof an. Die Tür des Abteils öffnet sich.

»Geht es dir besser?«, fragt Christian fürsorglich.

»Ja, der kleine Spaziergang hat gutgetan. Bei dem Pensum, das noch vor uns liegt, war das auch nötig.«

»Gut, das freut mich, ich brauch' dich nämlich mit klarem Kopf.«

Ich öffne die Augen, schaue aus dem Fenster. Der Zug rollt

durch die Stadt, an Wohnhäusern und Fabrikhallen vorbei, auf einem Hof stehen Lastwagen mit dem Schriftzug einer Supermarktkette.

Ich spüre, dass ich beobachtet werde. Als ich zu den beiden schaue, forschen sie in meinem Gesicht. Ich erwidere die Blicke mit einem unschuldigen Lächeln.

Sie nicken sich erleichtert zu.

Der Zug wird langsamer, rollt in den Bahnhof ein. Das Hallendach legt seinen Schatten über die Waggons, am Bahnsteig warten die Reisenden.

Sybille und Christian sind aufgestanden, stehen vor ihren Sitzen, warten, dass ich als Erster aussteige. Ein letztes Mal möchten sie mir noch in die Augen sehen, sich vergewissern, dass alles in Ordnung ist.

Ich nehme den Rucksack aus dem Gepäcknetz. Sie lächelt mich an, ich entscheide mich für ihn, quetsche mich zwischen den beiden hindurch. Mein Gesicht ist ganz nah vor seinem, ich rieche sein herbes Parfum.

Er schaut mir jovial in die Augen.

Mit tiefer Stimme, so gelassen wie möglich, sage ich: »Arschloch.«

Dann bin ich an ihm vorbei, trete auf den Gang hinaus und spaziere in Richtung Ausstieg.

Hinter mir kreischt Sybille, er versucht sie zu beruhigen.

Ich steige aus dem Zug, sogleich umgibt mich das rastlose Treiben der Metropole. Eine alte Dame versucht, mit einem großen Koffer auszusteigen, eine Schar Reisender steht ihr im Weg. Hilfesuchend wendet sich ihr Blick an mich. Ich zögere einen Moment, dann eile ich zur Hilfe, rolle den Koffer um die Menschentraube herum. Einige Meter abseits des Trubels bleibe ich stehen, die alte Dame folgt mir mit kurzen Schritten.

Sie ringt ein wenig nach Luft, lächelt, ihre Haare verstecken sich unter einem altmodischen Hut. Unter ihrem Arm klemmt eine Tageszeitung, mit wachem Blick schaut sie mich durch eine Schmetterlingsbrille an.

»Vielen Dank für ihre Hilfe, junger Mann. Für eine Frau meines Alters wird das Zureisen immer beschwerlicher.«

Ich lächele nachsichtig, rufe nach einem Gepäckträger. Als er zu uns stößt, verabschiede ich mich, die alte Dame winkt mir mit der Zeitung hinterher.

Die Bahnhofshalle ist voller geschäftiger Menschen, der Sog der Metropole. Ich spüre Geschwindigkeit, Freiheit und Anonymität. Die Stadt ist jung und erfahren zugleich.

Die Rolltreppe bringt mich hinunter zum Ausgang. Draußen auf dem Bahnhofsvorplatz eilen die Leute an mir vorbei, haben Termine und den zugehörigen Zeitplan dazu im Kopf. Autos und Busse stehen Stoßstange an Stoßstange, Straßenbahnen halten, fahren ab, Fahrräder drängeln auf dem Bürgersteig.

Ich fühle mich unbeobachtet und frei, bin Roxy dankbar, mich auf die Idee mit Berlin gebracht zu haben. Seitdem ich aus dem Zug gestiegen bin und mich die Atmosphäre der Großstadt umgibt, wächst in mir die Bereitschaft, mich auf Neues einzulassen. Es ist eigenartig, was eine neue Umgebung auszulösen vermag.

In den vergangenen Jahren habe ich einige Romane gelesen, die Berlin zum Schauplatz haben, die meisten davon aus dem

Anfang der 20er Jahre des letzten Jahrhunderts, einer Zeit, die den Mythos der Stadt begründet. Nach dem Krieg kehrten die Frontsoldaten nach Hause zurück. Niederlage und sinnloses Blutvergießen markierten das Ende von Patriotismus und der stumpfsinnigen Idee, dem Vaterland sein Leben zu opfern. Zuhause hofften die Soldaten, Leid und Schreckensbilder der Schützengräben zu vergessen, stattdessen trafen sie auf Hunger, Elend und Hoffnungslosigkeit.

Wer sollte den traumatisierten Heimkehrern, den Witwen und Waisen, Vertrauen und Zuversicht zurückgeben? Es gab nicht einmal eine Zukunft, die man ihnen anzubieten hatte.

Vergessen, verdrängen, loslassen und dem Krieg Verachtung entgegenzusetzen war das einzige, was blieb. Die Wirklichkeit ignorieren, um dem Elend die Bedeutung zu nehmen. So avancierten Unsinn und Wahnwitz zur Lebensphilosophie, halfen, die Seele vor dem Zusammenbruch zu bewahren. Man feierte Tag und Nacht, vergnügte sich in den Bordellen.

Niemand ahnte, dass ein dämonischer Verführer in einem verrauchten Bierkeller in München bereits an einem teuflischen Plan schmiedete, der die Menschen endgültig ins Verderben reißen sollte.

Es ist nicht lange her, dass ich *Berlin Alexanderplatz* zum zweiten Mal las.

Franz Biberkopf, Protagonist und tragischer Held des Romans, ist einer der Verzweifelten jener Jahre. Unpolitisch und stur will er sich ein ehrliches Dasein aufbauen, nachdem er vier Jahre eine Strafe im Gefängnis verbüßt hat. Doch bald schon ist er gezwungen sich dem Kampf zwischen Anspruch und Wirklichkeit zu stellen. Er verliert und zerbricht.

Die eisernen, fast naiven Bemühungen, seine Persönlichkeit hintanzustellen, um den eigenen Ansprüchen gerecht zu werden, haben mich den Charakter Franz Biberkopf liebgewinnen lassen.

Hier und heute fühle ich mich ein bisschen wie er.

Und weil mir der Sinn nach einem kräftigen Kaffee und einem ordentlichen Frühstück steht und Franz Biberkopf in meinem Kopf herumspukt, beschließe ich, zum Alexanderplatz aufzubrechen.

Ich bin stolz darauf, meine erste Entscheidung getroffen zu haben. Ein paar Minuten später sitze ich in der Straßenbahn. Auf dem Platz gegenüber kaut ein Teenager Kaugummi. Sie trägt eine Pelzmütze mit rotem Stern. Ihr Kopf wackelt zum Takt der Musik aus den Ohrenstöpseln. Ich schaue aus dem Fenster, die Hausfassaden der breiten Boulevards ziehen an mir vorbei.

Meine Gedanken wandern zurück zur Zugfahrt, mir ist eingefallen, wer die Zeitungsleute sind.

Christian von Laudrup und Tiberius Malermann, zwei hochdekorierte Journalisten der deutschen Medienlandschaft. Von Laudrup ist zudem Chefredakteur einer überregionalen Tageszeitung.

Ich weiß nicht, was mich mehr schockiert, die Art und Weise wie von Laudrup seinen Job interpretiert oder meine Naivität, zu glauben, dass alles, was in der Zeitung steht, der bloßen Information und redlichen Unterhaltung dient.

Von Laudrups Idee von Journalismus ist wohl der Preis, den unsere Gesellschaft für ihre immense Entwicklungsgeschwindigkeit zahlt. Niemand hat heute noch die Zeit, ökonomische, soziologische oder politische Modelle zu überprüfen, sie gegebenenfalls zu korrigieren, wenn die Ergebnisse in die falsche Richtung führen.

Von Laudrup tut also nichts Illegales, denn in unserem liberalen Wirtschaftssystem ist es nicht seine erstrangige Aufgabe, Informationen zu publizieren, die einwandfrei recherchiert sind, vor allem dann nicht, wenn niemand mehr an ihrem Wahrheitsgehalt interessiert ist. Von Laudrups Arbeit ist ohne tiefsinnige Moral, sein Bestreben ist es, eine möglichst hohe Auflage zu erzielen, die seiner Zeitung das wirtschaftliche Überleben sichert.

Adam Smith, der Erfinder der klassischen Nationalökonomie, formulierte es einmal so: *In einem liberalen System handelt der Mensch ausschließlich aus Eigeninteresse. Somit ist er nichts anderes als ein Tier, das Handel treibt.*

Warum sollte von Laudrup davon eine Ausnahme bilden?

Ich muss laut auflachen, ob meiner Überlegung.

Das Mädchen mit der Pelzmütze starrt mich an, forscht in meinem Gesicht. Nach einer Weile lächelt sie verständnisvoll, wenn auch ein Rest an Misstrauen in ihrer Mimik verbleibt, ob ich mich denn genügend mit den Halluzinogenen auskenne, die ich geschluckt habe.

Ich zwinkere ihr zu, lehne mich zurück, versuche, mich zu entspannen.

Aber meine Schlussfolgerungen lassen mir keine Ruhe.

Es darf nicht sein, dass von Laudrup mit seiner Zeitung tun und lassen kann, was er will, nur weil unsere liberale Wirtschaftsordnung es legitimiert. Es fehlen die ethischen Anreize, seine Arbeit in die richtige Richtung zu lenken. Er sollte ordentliche und unabhängige Informationen publizieren, wobei unabhängig vor allem meint, unabhängig von wirtschaftlichen Interessen.

Doch von Laudrup ist nur einer von vielen, denen das System falsche Anreize setzt.

Mir fällt der Begriff der *Banalität des Bösen* ein, der von der Philosophin Hannah Arendt während des Prozesses gegen Adolf Eichmann geprägt wurde.

Arendt analysiert, dass der Massenmörder Eichmann ein

gewöhnlicher Mensch gewesen sei, dessen Handeln durch seine mangelnde Urteilsfähigkeit und die blinde Treue zum System bestimmt war.

Obwohl ich weit davon entfernt bin, die abscheulichen Gräueltaten der Nazidiktatur mit dem heutigen Liberalismus gleichzusetzen, bin ich dennoch versucht, aus Arendts These eine Analogie abzuleiten.

Christian von Laudrup und all die anderen Fehlgeleiteten des Systems tragen das Risiko in sich, dass sich viele verirrte Mikrokosmen zu einem toxischen Makrokosmos auswachsen, der unsere gesellschaftliche Ordnung zu sprengen droht. Natürlich sind dies nur die Gedanken eines philosophischen Laien, dennoch wäre mir wohler, mich würde jemand vom Gegenteil überzeugen.

Das Mädchen mit der Pelzmütze zieht die Stöpsel aus den Ohren.

»Alex, hier muss ick raus.«

Die Straßenbahn stoppt neben dem Fernsehturm.

Ich steige ebenfalls aus.

Am Alex empfängt mich ein buntes Treiben. Menschentrauben verteilen sich über den Platz. Um die Weltzeituhr ist das Gedränge am größten, Leute fotografieren oder lassen sich fotografieren.

Vor einem Kaufhaus steht eine Gruppe Punker mit hochstehenden Haaren, sie trinken Bier aus Dosen, aus einer Box dröhnt Musik.

Ich sehe das Mädchen mit der Pelzmütze bei einer Gruppe Teenager stehen. Sie lächelt, als ich vorbeigehe, ich winke ihr zu.

Ich stelle mir vor, wie Franz Biberkopf um die Ecke kommt und seinen Alexanderplatz wahrnähme. Sicherlich würde er sich über die seltsamen Klamotten wundern, wahrscheinlich ebenso über die ausgefallene Musik, ganz bestimmt aber nicht über die Leute, denn bereits zu seiner Zeit trieben sich die verrücktesten Menschen am Alexanderplatz herum.

Ich brauche jetzt einen Kaffee und etwas zu essen.

Mir ist nach etwas Deftigem, nach einem würzigen Camembert. In der Ladenzeile entdecke ich eine Bäckerei, vor der die Leute Schlange stehen.

Ich bin müde, würde mich gerne setzen, meinen Gedanken nachhängen, einen starken Bohnenkaffee und ein mit Butter beschmiertes und dick mit Camembert belegtes Brötchen essen.

Auf der Treppe vor der Bäckerei sitzt ein Typ mit Baseballmütze, er hält ein Schild in der Hand. *Zum Abstellgleis*, steht darauf, darunter in kleinen Buchstaben; traditionelle Berliner Küche, eine Fotomontage zeigt die rustikale Inneneinrichtung eines Lokals.

Zum Abstellgleis, witziger Name, warum nicht?

Ich gebe dem Typ ein Zeichen. Lässig deutet er in die Richtung, in die auch die Spitze seines Schildes zeigt. Kurzentschlossen gebe ich meinen Camembert-Brötchen-Plan auf und mache mich auf den Weg.

Vor dem Kaufhaus am Alex laufe ich an zwei platinblonden Frauen vorbei. Sie tragen Plateauschuhe, prahlen mit ihren neu erworbenen Handtaschen.

Ich wende dem Alex den Rücken zu, überquere eine Kreuzung, eine schmale Gasse nimmt mich in Empfang. Voller Vorfreude spaziere ich das Gässchen entlang. Mein Magen knurrt, mein Gehirn produziert Bilder einer dicken Bratwurst mit Currysoße, jeder Menge Pommes, die über dem Tellerrand liegen. Ich sehe ein durchwachsenes Eisbein auf Sauerkraut mit einem Berg Kartoffelpüree, daneben ein Töpfchen mit würzigem Senf.

Die Gasse will kein Ende nehmen. Meine Schritte werden

kürzer, ich sehe mich um. Weiter vorne auf dem Bürgersteig entdecke ich eine Schiefertafel, laufe darauf zu. Ein Lächeln legt sich über mein Gesicht.

Zum *Abstellgleis* lese ich, ein Kreidepfeil weist auf einen Hofdurchgang auf der gegenüberliegenden Straßenseite. Der Hof ist nicht sehr groß. Ein kräftiger Mann sitzt auf einer Bank, zieht gierig an einer Zigarette. Seine Finger erinnern mich an Gummischläuche, die Kochhose ist voller Bratfettflecken, er ist unrasiert, sein weißes T-Shirt klebt ihm schweißnass auf der Haut. Als er mich sieht, zieht er die Lippen auseinander, das offene Lächeln lenkt von seinem Äußeren ab.

»Na, ick will mal hoffen, dat se juten Appetit mitjebracht haben, mein Herr.«

Die Zigarette zwischen seinen Fingern wirkt klein wie ein Zahnstocher, er hebt die Hand, richtet seinen Blick auf das Stäbchen: »Det Scheisszeuch will ick ma schon seit 30 Jahren abjewöhnen«, er rollt die Augen: »Den Erfolg se'n se ja.«

Er nimmt einen letzten kräftigen Zug, drückt die Zigarette im Aschenbecher aus. Mit einer federnden Bewegung, die ich ihm nicht zugetraut hätte, dreht er sich um die eigene Achse und hält mir die Eingangstür auf:

»Immer rinspaziert.«

Ich nehme seine Einladung an, betrete das Lokal. Der Raum liegt im Halbdunkel, Rauchschwaden wabern zur Decke. Es riecht nach gekochtem Sauerkraut und gedünstetem Fleisch. Die Portionen sind gigantisch. Leberknödel, groß wie Tennisbälle, Brotscheiben, dick wie Spanplatten. Neben den Tellern stehen Bierkrüge mit hellem Schaum.

Eine dralle, nicht mehr ganz junge Bedienung mit kräftigen Waden springt zwischen den Gästen hin und her, bemüht, die Ruhe zu bewahren.

Mein Gastgeber, der Koch, überstellt mich dem Wirt. Die

beiden sehen sich zum Verwechseln ähnlich. Der Wirt führt mich zu einem freien Tisch, drückt mir eine abgegriffene Speisekarte in die Hand.

»Wat willste trinken?«

»Kaffee«, antworte ich.

Er zieht die Augenbrauen nach oben: »Frühstück hamwa nich mehr«, sagt er mit misstrauischem Blick: »Bier oder Schnaps, wat anderet kriegste hier nich um die Uhrzeit.«

Rasch überzeuge ich mich an den Nachbartischen, dass er die Wahrheit sagt.

»Ein Bier«, ändere ich meine Bestellung.

»Na siehste«, grinst er zufrieden. »Helga kommt gleich und fracht, wattse zu essen bringen soll.«

Während er zur Theke schlappt, kreist mein Blick durch das Lokal. Die Gäste sind damit beschäftigt, sich die Bäuche vollzuschlagen. Ein Straßenarbeiter mit rotgeränderter Nase und einem verstaubten Gesicht zerkleinert ein Rippchen, drei Männer in Schaffneruniformen schnüffeln über dampfenden Suppentellern. Eine alte Dame sitzt alleine am Tisch, vor ihr steht ein Teller mit Bratwurst und Grünkohl, daneben ein Krug Bier.

Hinter ihr, halb verdeckt, sehe ich einen Typ in Military-Jacke. Sein Gesicht ist hager, die Augen blinzeln unruhig. Ich bilde mir ein, dass er zu mir rüberschaut.

»Wat wills'te essen? Ick empfehle Eisbein mit Sauerkraut«.

Die helle Stimme lenkt meine Aufmerksamkeit auf sich: »Ick bin übrijens Helga«, sie stellt ein Bier auf den Tisch. Ihre Augen stehen ein wenig nach vorne, die Nase ist auffallend spitz, man sieht ihr an, dass der Job sie fordert.

»Kein Eisbein«, sage ich rasch: »Auf Currywurst mit Pommes hätte ich Appetit. Haben Sie Currywurst?«

»So ville du willst, meen Kleener«, sagt sie: »Pommes

112

hammwa keene mehr, aber Bratkartoffeln.«

»Bratkartoffeln«, nicke ich: »Eine normale Portion.«

»Bei uns jibs keene normale Portionen. Die sin' alle jleich.«

»Also gut, dann Currywurst mit Bratkartoffeln.«

»Kommt sofort«, sagt sie, nimmt mir die Speisekarte aus der Hand und schwirrt davon.

Ich widme mich meinem Bier, schaue mich um. Jemand starrt mich an, ich kann es spüren.

Als ich aufsehe, ist es der Typ mit der Military-Jacke. Rasch wendet er den Kopf zur Seite.

Das gibt mir die Gelegenheit, ihn genauer in Augenschein zu nehmen. Das bleiche, hagere Gesicht, die kurzen Stoppelhaare wecken keine Erinnerung, trotzdem kommt er mir irgendwie bekannt vor. Während ich in meinem Gedächtnis krame, steht er auf und kommt auf mich zu. In diesem Moment fällt mir ein, wer er ist.

»Ist das wirklich wahr?«, ruft er.

»Otto Schaller«, sage ich, stehe auf. Er legt seine Hände auf meine Schultern.

In seinen Augen sehe ich, dass er stolz ist, dass ich seinen Namen kenne. »Ganz genau«, sagt er: »Otto Schaller, dein alter Kommilitone. Was machst du denn in Berlin, in meiner Stammkneipe?«

Noch ehe ich ihn dazu auffordere, setzt er sich an meinen Tisch, bedeutet mir, ebenfalls Platz zu nehmen.

»Das ist ja unfassbar«, strahlt er. Das Lachen betont die Falten in seinem knochigen Gesicht. »Helga! Bring mir ein Bier«, ruft er in Richtung Theke.

»Das muss gefeiert werden. Wie lange haben wir uns nicht mehr gesehen? Zehn, nein, es sind fast fünfzehn Jahre.«

Wir sehen uns eine Weile schweigend an, schütteln die Köpfe.

Helga bringt das Bier, er prostet mir zu: »Auf die guten, alten Zeiten.«

Wir trinken, er lacht, seine Augen sind traurig.

»Mittlerweile lebe ich seit mehr als fünf Jahren in Berlin. Als ich in die Stadt kam, wusste ich sofort, dass ich hier für immer bleiben will. Es gibt keinen vergleichbaren Ort. Ich hab' dann auch sofort 'ne Bude gefunden, zwei Zimmer, Küche und ein großes Bad. Hier um die Ecke, ganz in der Nähe vom Alex, Altbau, hohe Decken, hab' sogar einen Kohleofen. Den benutz' ich manchmal. Heizkohle wird's ewig geben. Außerdem hab' ich gute Kontakte zu einem Kohlehändler im Kiez. Bei mir in der Straße gibt es auch einen Antiquitätenhändler, der Wohnungen auflöst. Du weißt schon, Wohnungen von Leuten, die den Löffel abgegeben haben und um die sich keiner mehr schert. Außer meinem Antiquitätenhändler, der die alten Leutchen im Auge behält, weil er sich für ihren Krempel interessiert. Wenn sie abtreten, gibt er dem Totengräber Bescheid, danach räumt er die Buden aus. Manchmal findet er richtige Schätze, antike Kommoden, Porzellan, mundgeblasene Gläser, sogar Broschen und vergoldete Handspiegel. Du glaubst gar nicht, was die Toten alles hinterlassen. Wäre doch schade, wenn sich niemand mehr für ihren Kram interessiert, das haben sie nicht verdient. Ich bin oft der Erste, der dann beim Antiquitätenhändler auf der Matte steht, um die Toten zu ehren, indem ich mich für ihre Sachen interessiere. Du solltest mal die Kommode sehen, die bei mir im Flur steht.«

Er lacht, ich lache mit ihm.

Langsam kehrt meine Erinnerung zurück. Schaller war nie Teil meines engeren Kreises an der Universität, trotzdem kannte ihn jeder. Wenn ich mich richtig erinnere, stammt er aus Koblenz oder zumindest aus der Nähe. Sein Vater war irgendein hohes Tier bei der Bundeswehr, ein Oberst oder sogar General. Er erzählte es allen an der Uni, nicht etwa, weil er damit Eindruck schinden wollte, vielmehr hatte er das Bedürfnis, jeden wissen zu lassen, dass er fest entschlossen war, seinem Vater nicht nachzueifern. Ansonsten wusste ich nichts über ihn. Wenn ich ihn heute nicht zufällig getroffen hätte, würde ich mich nicht erinnern, dass es ihn überhaupt noch gibt.

Helga liefert die Currywurst ab, die Bratkartoffeln schwimmen im Fett.

»Noch ein Bier«, ordert Schaller und als Helga schon kehrtgemacht hat, rufe ich hinterher: »Für mich auch noch ein Bier, bitte.«

»Currywurst«, schwärmt Schaller: »Das ist Berlin, die Bratkartoffeln sind die Besten im Kiez.«

Er deutet mit dem Daumen über die Schulter: »Willy, Huberts Zwillingsbruder, steht in der Küche. Die beiden sehen sich zum Verwechseln ähnlich, haben die Kneipe von ihrem Vater übernommen, der hat sie damals von seinem Vater übernommen. Das *Abstellgleis* existiert schon seit mehr als hundert Jahren.«

Er zeigt auf meinen Teller: »Na, jetzt iss du erst mal. Ich hab' schon gegessen. Stört es dich, wenn ich mir eine anzünde?«

Ich schüttele den Kopf. Er holt eine Selbstgedrehte aus der Tasche, zündet sie an.

»Wo war ich stehen geblieben? Ach ja. Berlin, meine Wohnung.«

Sein Lächeln schwächt sich ab. »Es gab eine Zeit vor Berlin, eine andere Zeit, eine ganz andere Zeit.«

Mit ernster Miene schaut er mich an: »Erinnerst du dich, dass ich damals das Studium abgebrochen habe?«

Ich erinnere mich nicht.

»Damals hatte ich keinen blassen Schimmer, was ich mit mir anfangen sollte. Soziologie studierte ich nur, um meinen

Vater zu ärgern. Als mir aber auch das egal war, brach ich das Studium ab, schlug mich eine Zeit lang mit Gelegenheitsjobs durch. Irgendwann fiel mir nichts Besseres mehr ein und ich kehrte zu meinen Eltern nach Boppard zurück«, er versucht ein Lächeln:»In mein altes Kinderzimmer.«

»Als Mutter die Tür öffnete, war ich erleichtert. Vater war im Einsatz. Dieses Mal inspizierte er Stützpunkte in Afrika, ein Auftrag direkt vom Bundesverteidigungsministerium.«

Schaller seufzt:»Otto, das Einzelkind, der Studienabbrecher zog wieder bei seinen Eltern ein. Dabei waren die Nachbarn im Viertel so stolz auf ihren tapferen Oberst Schaller, den Helden aus ihrer Mitte, dem im Dienst am Vaterland in Ex-Jugoslawien mehrere Orden verliehen wurden.«

Er schüttelt den Kopf:»Was die Nachbarn nicht wissen, ist, dass es schon einmal einen Oberst Schaller gab. Ludwig Schaller, mein Großvater, hochdekorierter Frontkämpfer und linientreuer Nationalsozialist, einer der Befehlshaber der SS-Division Totenkopf im Russlandfeldzug. Auch wenn ihm nicht nachzuweisen war, dass er mit den Säuberungskommandos in Verbindung gestanden hatte, gab er sich im Familienkreis keine allzu große Mühe, seine *Heldentaten* zu verschweigen.«

Während ich Schaller zuhöre, kämpfe ich mit einer zähen Bratkartoffel. Es scheint ihn nervös zu machen, also befördere ich das pampige Stück mit einem Schluck Bier rasch in meinen Magen.

»Irgendwann kehrte mein Vater von seinem Einsatz zurück. Wir begrüßten uns wie Fremde. Als er erfuhr, dass ich mein Studium abgebrochen hatte, sagte er nichts. Seine Art, mit Problemen umzugehen.«

»Doch schon am nächsten Morgen ließ er mir durch meine Mutter ausrichten, dass er mich um Punkt zwölf Uhr mittags in seinem Arbeitszimmer erwarte. Ich war pünktlich, er trug seine Uniform. Kannst du dir so etwas vorstellen? Beim Treffen mit seinem Sohn im eigenen Haus trug mein Vater seine Uniform«, Schaller schüttelt den Kopf:»Die Unterredung dauerte nicht lange. Er vermied es, mich anzusehen, stellte mir mit wenigen Worten ein Ultimatum.«

Schallers Blick geht durch mich hindurch, er hat das Bild seines Vaters vor Augen.

»Ich hätte genug Zeit vergeudet, er wäre es leid mitanzusehen, wie ich die Familie zum Gespött der Leute mache. Das Einzige, was er für mich noch tun könne, wäre, seine Kontakte bei der Bundeswehr spielen zu lassen, um mich unterzubringen. Entweder ich melde mich freiwillig zur Armee oder aber ich habe zwei Tage Zeit, sein Haus zu verlassen. Er erwarte meine Antwort bis zum Abend.«

Schaller schüttelt den Kopf, ein bitterer Zug umspielt seine Lippen.»Ein paar Jahre war es mir gelungen, mich seinem Einfluss zu entziehen, um ihm dann, im falschen Moment, doch in die Falle zu gehen. Den ganzen Tag über kämpfte ich mit meinem Gewissen. Das Bild, wie er in Uniform vor mir stand, ging mir nicht aus dem Kopf, wie hatten wir uns nur derart entfremden können.«

Schaller dreht sich in Richtung Theke:»Helga, bring noch ein Bier«, ruft er, fährt mit seiner Geschichte fort.

»Ich hatte keine Wahl, oder besser gesagt, war unfähig, eine Wahl zu treffen. Also fügte ich mich meinem Schicksal, vielleicht war ich sogar ein wenig erleichtert, dass mir die Entscheidung abgenommen wurde.«

»Ein paar Tage später übergab er mir einen Brief, förmlich, wie der Briefträger, der ein Einschreiben bringt. Die Einladung zur Aufnahmeprüfung beim Kommando Spezialkräfte der Bundeswehr. Versau' es nicht, sagte er, als er mir das Schreiben in die Hand drückte.«

»Die Ausbildung bei den Spezialkräften war unmenschlich. Sieben Tage, vierundzwanzig Stunden. Drill, Schlamm, eiskaltes Wasser, Regen, Schlafentzug, Kälte. Kaum etwas zu essen, sechs Monate lang.«

»Ich bestand die Aufnahmeprüfung, obwohl ich nicht das Gefühl hatte, mich besonders gut geschlagen zu haben.« Helga bringt das Bier. »Na endlich«, schnauzt Schaller. Helga wirft ihm einen finsteren Blick zu. Am Nebentisch verlangen die Straßenarbeiter die Rechnung, tätscheln sich die Bäuche. Schaller nimmt einen kräftigen Schluck. Als er das Glas wieder absetzt, ist seine Mimik eine andere, seine Augen sind aufgerissen, treten aus den Höhlen hervor. Er spricht leise, flüstert, es fällt mir schwer, seine Worte zu verstehen.

»Eine Transportmaschine brachte uns nach Afghanistan. Dort wurden wir Teil eines amerikanischen Marine-Corps. Keiner hatte uns vorbereitet, alles ging schnell, zum Nachdenken blieb keine Zeit.«

Schaller starrt durch mich hindurch, sein Blick ist auf einen unsichtbaren Punkt gerichtet, seine Miene starr, nur seine Lippen bewegen sich.

»Über Aliabad sprangen wir ab. Es gab nur wenig Widerstand, wir nahmen verschiedene Städte. Irgendwann nahmen wir Kandahar. Es war schwierig, musste rasch gehen. Als die Stadt gefallen war, fühlten wir uns, als gehöre uns die Welt. Ich stahl aus einer Wohnung einen alten Kompass, den ich meinem Vater mitbringen wollte. Sonst nahm ich nichts. Stehlen bringt Pech und Pech hat man im Kampf nicht nötig.

Nur ein paar Tage später stand der große Durchbruch bevor. Die Bomber der Airforce sollten uns unterstützen. Als sie kamen, flogen sie hoch im Himmel, silbern wie Eisenbahnzüge, an einer Schnur aufgereiht. Wir lagen zwei Kilometer vor den Stellungen der Taliban.«

»Die ersten Flieger setzten farbigen Rauch ab. Der Rauch sank vorsichtig herab und markierte die feindlichen Stellungen. Es waren gut ausgebaute Stellungen, und vielleicht war es wirklich unmöglich sie ohne etwas Kolossales dort hinauszukriegen. Die nachfolgenden Flieger schmissen ihre Bomben ab. Dann war dort nun noch Rauch und Feuer. Später sah es so aus, als wäre ein Vulkan ausgebrochen, kein Stein lag mehr auf dem anderen. Die Gefangenen, die wir einsammelten, schlotterten wie Menschen schlottern, wenn sie Angst haben. Es waren tapfere Soldaten und sie schlotterten und konnten es nicht beherrschen, obwohl sie es versuchten.«

Der Film, der in Schallers Kopf abläuft, muss furchtbar sein. Er führt ein Selbstgespräch, bei dem ich zufällig zugegen bin.

»Ich habe viele Male erfahren, wie lang eine Stunde sein kann. Ich weiß genau wie lang zwei Minuten sein können. Dabei ist alles eigentlich ganz einfach. Um 1300 soll Schwarz vorrücken, weil Weiß zurzeit gerade vorgeht. Schwarz sagt, sie warten darauf, hinter Weiß einzurücken. 1305, das ist ein Uhr und fünf Minuten. Gelb bittet Schwarz, sie wissen zu lassen, wann Weiß vorrückt, damit sie sich einrichten können. Schwarz antwortet, dass sie warten müssen bis Weiß vorgerückt ist. Du musst dich jederzeit auf deine Kameraden verlassen können. Ich hatte gute Kameraden, an die ich mich erinnere, und es gab Drückeberger, Aufschneider, die von sich behaupteten, dass sie verwundet waren, weil eine Granate, die in der Nähe einschlug, ihnen die Ohren dröhnen ließ. Und es gab tote Kameraden, viele Tote. Aber die Toten klagen nicht mehr. Jeder zweite Mann meiner Einheit war tot, fast alle anderen waren verwundet. Im Bauch, am Kopf, an den Füßen oder den Händen, im Hals oder am Rücken. Und all die, die verwundet wurden, waren auf Lebenszeit verwundet.«

Er ist kreideweiß, starrt vor sich hin, seine Hand zittert beim Versuch, das Bierglas zum Mund zu führen. Die Flüssigkeit rinnt aus seinen Mundwinkeln, fließt über seine Jacke. Er sieht auf, atmet schwer.

Ich beobachte ihn, warte, lasse ihn nicht aus den Augen. Nach einer Weile beruhigt er sich, sein Atem geht gleichmäßiger. Er sieht mich einen Moment lang an, dann blickt er ängstlich durch das Lokal, beugt sich über den Tisch.

»Da hinten sitzt die alte Hermann«, flüstert er, gibt mir mit einem Blick zu verstehen, nicht hinzusehen: »Die Hermann wohnt nicht weit von mir entfernt. Jedes Mal, wenn sie mich trifft, lädt sie mich zum Essen ein. Ich mach mich dann ganz schnell dünne, habe kein Interesse, eingeladen zu werden.«

Ich riskiere einen Blick. Die Frau ist alt, etwa Ende siebzig, macht einen gepflegten Eindruck. Das Gesicht ist schmal, die Stirn versteckt sich unter einem Pony, ihre Mundwinkel hängen herab, die knochigen Hände liegen übereinander.

»Ihr Mann ist vor einem halben Jahr gestorben. Er war Schaffner bei den Verkehrsbetrieben. Seitdem er tot ist, hat sie es auf mich abgesehen.«

Ich überlege, wie ich das verstehen soll. Er sieht mir an, dass ich seine Worte anzweifele.

»Du glaubst mir nicht, oder? Ist aber so. Ich hab' keine Lust, eine alte Witwe zu trösten.«

Helga läuft am Tisch vorbei. Schaller hält sie an der Schulter fest, sie sieht ihn misslaunig an. Er ignoriert den Blick und deutet auf sein Glas.

»Noch ein Bier für mich.«

»Haste nich schon jenuch?«, ihr Ton ist nicht freundlich.

Er drückt ihr sein leeres Glas in die Hand. Sie schüttelt den Kopf, geht weiter.

»Weiß' gar nicht, was die hat«, murmelt Schaller, er ist ein bisschen verlegen.

»Seit sechs Jahren bin ich aus Afghanistan zurück. Für meine Verdienste hat man mir einen Orden verliehen. Dabei bestand mein einziges Verdienst darin, überlebt zu haben. Diejenigen, die nicht überlebt haben, bekamen keine Orden.

Mein Vater war mit einem Mal sehr stolz auf mich, zeigte mich überall herum. Sie klopften mir auf die Schultern, es gab sogar eine Party. Die Stabsoffiziere meines Vaters waren eingeladen, meine Kameraden nicht.«

Schallers Zunge ist schwer, angestrengt zieht er die Augenlider nach oben. Helga stellt das Bier vor ihn auf den Tisch: »Det ist dit Letzte für heute. Hab' keene Lust, dette wieda austickst.«

Misslaunig dampft sie ab, er sendet ihr eine abschätzige Geste hinterher.

»Je mehr Zeit verging, desto weniger kam ich mit dem ganzen Zinnober klar. Befehle, Gehorsam, Krieg, Disziplin, Tod. Irgendwann hab' ich hingeschmissen. Sie haben mich gehen lassen, ohne mich zu überreden, waren froh, dass ich weg wollte. Als mein Vater davon erfuhr, brach er den Kontakt zu mir ab. Seitdem habe ich nichts mehr von ihm gehört. Mit Mutter telefoniere ich noch ab und zu, heimlich, zu Weihnachten und Ostern.«

Schaller setzt einen nachdenklichen Blick auf.

»Ich kam nach Berlin, um zu vergessen, meine Vorstellung vom Leben war eine andere geworden. Zwar wusste ich noch immer nicht, was ich mit mir anfangen sollte, allerdings wusste ich nun umso besser, was ich auf keinen Fall mehr wollte.

Ich ließ mich durch den Tag treiben, vernachlässigte die wenigen Kontakte, die mir geblieben waren, versank in diffuser Melancholie. Ich stöberte in Antiquariaten, sammelte alte Bücher, las Tag und Nacht, entdeckte die französischen Klassiker.

Zola, Flaubert, Maupassant. Ihre Geschichten nahmen mich gefangen, ich verlor mich in ihren Gedanken und Fantasien.« Ein versonnenes Lächeln liegt auf Schallers Gesicht:»Kennst du Flauberts Roman November?«, flüstert er, um mit sanfter Stimme fortzufahren:»Ich liebe den Herbst. Seine Trauerstimmung passt gut zu Erinnerungen. Wenn die Bäume entlauben, wenn der Himmel in die Dämmerung die brandrote Färbung hinübernimmt – dann berührt es, zu sehen, wie alles verlischt, was jüngst noch in einem brannte.«

Ich schaue ihn verwundert an, er lächelt gedankenverloren.

»Sind das nicht wunderschöne, melancholische Worte? Manchmal bekomme ich davon eine Gänsehaut, ein anderes Mal machen sie mir Angst.«

»Mit einer Frau hab' ich es auch versucht. Ihr Name war Luisa, sie war Polin, ist sogar bei mir eingezogen. Hat aber nicht lange gehalten. Als sie wieder auszog, wollte sie mir den Grund nicht verraten. Ich hab' sie seitdem nicht mehr wiedergesehen.«

Er blickt durch mich hindurch, sein linkes Auge zuckt ein wenig.

»Ich bin mir sicher, Luisa wollte nichts mehr vom Krieg und vom Sterben hören.«

»Guten Tag, Herr Schaller«.

Frau Hermann steht am Tisch.

Schaller murmelt ein Guten Tag, nickt mit schwerem Kopf.

»Ich habe Sie schon lange nicht mehr gesehen. Ich hoffe, es geht Ihnen gut?« Ihre Hände stecken in cremefarbenen Samthandschuhen. In der Art, wie sie Schaller ansieht, schwingt aufrichtige Sorge mit.

»Seit mein Friedrich von uns gegangen ist, haben Sie mich nicht mehr besucht. Es war immer so nett, wenn Sie mit uns zu Abend gegessen haben. Friedrich hat sich so sehr auf Sie gefreut, er mochte es, sich mit Ihnen über die Berliner U-Bahn-netze zu unterhalten. Sie verstünden so viel davon, hat er im-mer gesagt«, sie lächelt traurig: »Nun bin ich alleine, ebenso wie Sie, Herr Schaller«. Sie streicht sich eine Strähne aus der Stirn: »Mein Friedrich fehlt mir sehr, es ist nicht schön, allei-ne zu sein.« Sie zwingt sich, den Gedanken loszulassen: »Aber nun will ich Sie und ihren Bekannten nicht länger stören. Schauen Sie doch wieder einmal bei mir vorbei, Herr Schaller. Ich habe auch ihre Tabletten aufgehoben.«

Sie lächelt fürsorglich, mustert mich noch einen Moment, dann schleppt sie sich mit schweren Schritten davon.

Schaller sieht ihr hinterher. »Keine Ahnung, was die von mir will«, lallt er.

Er hebt sein Bierglas, ruft: »Helga. Noch ein Bier.«

Wir schweigen, ich schäme mich für ihn.

Mit einem Mal steht Helga am Tisch. Aufgebracht gestiku-liert sie mit den Händen: »Du kriegst nüscht mehr, Otto. Ick hab keene Lust uff det gleiche Theater. Du verdünnisierst dir ma bessa!«

Sie stemmt beide Hände in die Hüften: »Die Hermann hat jesacht, dette deine Tabletten seit Monaten nich mehr jenom-men hast.«

Hubert, der Wirt, eilt herbei. Er legt Helga die Hände auf die Schultern, versucht sie zu beruhigen: »Helga, nu lass' ma Otto in Ruhe. Der wees schon, dat er letztet Mal wat falsch jemacht hat.«

»Bei mir hatta sich nicht entschuldicht«, murrt Helga.

Schaller starrt sie an, ein unbändiger Jähzorn hat ihn ge-packt, sein Gesicht ist feuerrot und wutverzerrt. Er stützt bei-de Hände auf den Tisch, brüllt: »Es gibt nichts, wofür ich mich entschuldigen müsste.«

Im nächsten Moment packt Helga Schaller an der Gurgel.

Er reißt die Augen auf, will zurückweichen, doch Helga hat ihn fest im Griff.

Hubert, der Wirt, zieht Helga zurück, er hat Mühe, doch es gelingt ihm. Helga lässt Schaller los.

Der Wirt sieht mich hilfesuchend an: »Dit Beste is, wenn ihr zwee euch janz schnell vom Acker macht.«

Ich lenke Schallers Aufmerksamkeit auf mich: »Otto, wir gehen jetzt.« Schaller sieht mich an, er ist vollkommen gleichgültig, macht keine Anstalten den Streit fortsetzen zu wollen.

»Wir sind sofort weg«, versichere ich dem Wirt. Er wirft mir einen misstrauischen Blick zu, dann zieht er mit der zeternden Helga in Richtung Tresen ab. Die anderen Gäste glotzen zu uns herüber.

Ich schicke Otto vor die Tür, er wankt davon.

Am Tresen verlange ich die Rechnung, Helga funkelt mich aus der Ecke argwöhnisch an.

»Für euch beede?«, fragt der Wirt. Ich nicke.

»Nur für heute oder ooch sein' Deckel?«.

»Wie hoch ist der Deckel?«.

Der Wirt nennt mir den Betrag, ich stoße einen leisen Pfiff aus.

Nach kurzem Überlegen sage ich: »Mach' alles zusammen.« Ich begleiche die Rechnung.

»Ick wusste jar nich, det Otto irjendwelche Freunde hat«, sagt der Wirt.»Ich bin nicht sein Freund«, fühle ich mich gezwungen, das richtigzustellen: »Wir haben zusammen studiert.«

»Jemand muss sich um ihn kümmern, er schafft det nich mehr alleene.« Ich nicke, ohne zu wissen, weshalb.

Er bietet mir das Wechselgeld an, ich schüttele den Kopf, habe ein schlechtes Gewissen.

Schaller sitzt draußen vor der Kneipe auf der Bank. Er hat

den Kopf in den Nacken gezogen und starrt zum Himmel. Als er mich bemerkt, steht er auf. Verlegen sieht er mich an.

»Ich denke, wir bringen dich jetzt erst mal nach Hause«, sage ich.

Er nickt.

Er wankt ein wenig, ich fasse ihn unter die Arme. Er lächelt dankbar.

Gemeinsam gehen wir die Straße entlang, kurz vor dem Alexanderplatz biegen wir ab. Es dauert eine Weile, bis wir in sein Viertel gelangen. Eine trostlose Gegend, viele der Häuser sind verfallen, die Fassaden grau. Überall auf den Bürgersteigen steht nutzloser Krempel, der verrottet. Zerschlissene Sofas, alte Nachttische, Stehlampen ohne Schirme.

Ich will diesen Ort so schnell wie möglich wieder verlassen, weigere mich, in Schallers Leben hineingezogen zu werden, will damit nichts zu tun haben, will keine Verantwortung übernehmen, es macht mir Angst.

Schaller spürt meine Ungeduld. Vor einer Parkbank unter einem Kastanienbaum bleibt er stehen.

»Lass' uns einen Moment ausruhen.«

Schon sitzt er auf der Bank, zieht mich zu sich herunter. Widerwillig setze ich mich neben ihn.

»Ich sitze hier oft, um nachzudenken.«

Sein Rausch hat nachgelassen, die frische Luft hat ihm gutgetan.

»Der Wirt vom *Abstellgleis* scheint mir ein vernünftiger Mann zu sein«, bemerke ich, um irgendetwas zu sagen.

»Findest du?«, murmelt Schaller.

»Ja, irgendwie schon. Zumindest macht er auf mich den Eindruck.«

»Das kann schon sein. Ein Einäugiger unter den Blinden. Im *Abstellgleis* tummeln sich nur Verlierer, ein Leben zwischen

Eisbein, Sauerkraut und Alkohol. Bemitleidenswerte Kleingeister, die von den Dingen nichts wissen, die etwas bedeuten. Ihr Verstand ist so trüb wie eine Pfütze im Schlamm.«

Er sieht mich hoffnungsfroh an:»Es ist nicht leicht, jemanden zu finden, der einen breiten Horizont hat, der einem das Gefühl für den weiten Atem des Lebens vermittelt, den man bekommt, wenn man zum Beispiel vom Fernsehturm über die Stadt schaut. Vielleicht habe ich einige dieser Leute gekannt, aber viele sind im Krieg gefallen oder an unbekannte Orte verschwunden.«

Schallers Stimme hat sich verändert, er spricht gedämpft, wirkt aufgewühlt und traurig zugleich.

»Aber was macht es schon aus, ob man mehr oder weniger vom Leben weiß, früher oder später ist sowieso alles vorbei.«

Er verstummt. Ich versuche, ihn aufzuheitern.

»*Come on*, Otto, siehst du nicht alles etwas zu düster?«

Er wirft mir einen abschätzigen Blick zu:»Wart' nur ab, in ein paar Jahren siehst du das genauso. Solange es noch bergauf geht, blickt man zum Gipfel und ist glücklich. Aber dann richtet sich der Blick nach unten, zum Ende hin, und das ist der Tod. Und beim Abstieg geht alles viel schneller. Ich habe den Gipfel bereits hinter mir. Ich sehe nach unten, und dort wartet nur noch eins ... der Tod.«

»Na, jetzt übertreib' mal nicht«, insistiere ich.

»Ich übertreibe nicht. Vielleicht verstehst du mich heute noch nicht, aber später wirst du dich an meine Worte erinnern. Für alle Menschen kommt ein Tag, und für manche kommt dieser Tag früher, dann hört der Spaß auf. Mit einem Mal versteht man nämlich. Man weiß zwar nicht warum und auch nicht aus welchem Anlass, doch dieser Augenblick verleiht dem Leben ein neues Gesicht. Dann spürt man den Tod.

Ich habe diesen Augenblick bereits erlebt. Ich spüre den

Tod, ich spüre, wie er in mir nagt, wie eine Ratte, die ich mit mir herumtrage. Ich merke, wie sie mich so ganz allmählich, Monat für Monat, Stunde für Stunde, zerfrisst wie ein morsches Haus, das langsam zerfällt. So vollständig hat es mich entstellt, dass ich mich schon gar nicht mehr selbst erkenne. Von dem Kerl, der ich einmal war, ist nichts geblieben.

Und das alles macht der Tod mit einer raffinierten und boshaften Langsamkeit. Er hat mir alles genommen und bald nimmt er mir auch meine Seele. Er hat mich zerrieben, heimlich hat er die Zerstörung vorangetrieben. Sekunde für Sekunde. Und jetzt ist es so, dass ich bei allem, was ich tue, ein wenig sterbe. Jeder Schritt bringt mich dem Tod näher, jede Bewegung, jeder Atemzug trägt zu diesem scheußlichen Prozess bei. Atmen, schlafen, trinken, essen, arbeiten, träumen, alles, was wir machen, ist ein wenig sterben.

Leben, das heißt im Grunde nichts anderes als zu sterben. Auf was warten wir noch? Liebe? Geld? Wofür? Um damit Frauen zu bezahlen? Ein schönes Glück. Um sich den Bauch vollzuschlagen, dick und fett zu werden und dann nächtelang unter der Reue zu jammern? Oder Ruhm? Wozu dient denn das, wenn er einem die Liebe nicht zurückgeben kann? Am Ende steht immer der Tod. Ich sehe ihn jetzt schon so nah, dass ich ihn von mir wegstoßen möchte.

Überall entdecke ich Spuren vom Tod. Die kleinen zertretenen Tiere auf den Straßen, die Blätter, die von den Bäumen fallen. Das alles zerreißt mir das Herz und schreit mir ins Ohr: Schau her, da ist er.

Er verdirbt mir alles, was ich mache, was ich sehe, was ich esse und trinke, alles, was ich liebe. Und kein einziges Lebewesen kehrt zurück, keines und mein Körper, mein Gesicht, meine Gedanken, meine Wünsche sind für immer verloren. An wen soll man sich binden? An wen seine verzweifelten

Schreie richten? Woran soll man glauben? Alle Religionen mitsamt ihrer kindischen Moral und ihren egoistischen, dummen Versprechungen sind sinnlos. Nur eines ist sicher: der Tod. Warum leiden wir nur so? Wir sind auf diese Welt gekommen, um nach den Gesetzen der Materie zu leben, nicht nach den Gesetzen des Geistes. Aber je mehr wir unseren Verstand benutzen, umso größer wird das Missverhältnis zwischen dem Zustand unserer Intelligenz und den unveränderlichen Bedingungen unserer animalischen Existenz. Schau dir doch all die mittelmäßigen Menschen an. Solange ihnen keine Katastrophe widerfährt, halten sie sich für halbwegs glücklich, ohne am Unglück der Welt mitzuleiden. Wie die Tiere, die dieses Leid auch nicht mitbekommen. Ich bin nicht mehr zu retten. Ich habe keine Frau und keine Kinder und auch keinen Gott.«

Er wendet sich mir zu, seine Augen sind feucht und mit einer letzten Kraftanstrengung packt er mich am Kragen:

»Such' dir jemanden, finde eine Frau. Ich lebe alleine, ich bin alleine. Du kannst dir nicht vorstellen, was es heißt, alleine zu sein. Meine Einsamkeit erfüllt mich mit furchtbarer Angst.

Umgeben von unbestimmten Gefahren, umzingelt von unbekannten und schrecklichen Dingen. Die Wand, die mich von meinem Nachbarn trennt, den ich nicht einmal kenne, entfernt mich von ihm genauso weit wie die Sterne im Himmel. Das Schweigen der Wände erschreckt mich. Es ist so intensiv und so traurig. Nicht nur der Körper ist von dieser Stille umgeben, sondern auch die Seele.«

Die letzten Worte flüstert er nur noch, dann sinkt er in sich zusammen und beginnt zu weinen, so fürchterlich, dass sein Schluchzen mir fast die Brust zerreißt. Beklommen sitze ich neben ihm, während er sein Gesicht unter den Händen vergräbt. Ich bin unfähig, ihn zu trösten, oder ihn auch nur in den Arm zu nehmen, so bleibe ich einfach nur neben ihm sitzen.

Mir ist, als habe mir jemand die offenen Gräber auf einem Friedhof gezeigt, in die ich eines Tages hineinfallen werde. Schockstarr bin ich der Realität entrückt, einzig Schallers Schluchzen dringt wie durch Watte in mein Bewusstsein.

»Da sind Sie ja, Herr Schaller, ich habe Sie schon gesucht.«

Die alte Hermann steht vor uns. Sie lächelt, wirkt keineswegs überrascht, zwei Männer im mittleren Alter auf einer Parkbank sitzen zu sehen, von denen einer gedankenverloren vor sich hinstarrt, während der andere schluchzt wie ein kleines Kind.

»Ich denke, das Beste wird sein, wenn sie mit mir kommen, Herr Schaller. Ich habe Ihre Tabletten bei mir zuhause.« Sie streichelt Schaller sanft über den Kopf, wie einem Kind, das man berührt, um es zu beruhigen.

Er legt seine Hand dankbar in ihre. Wortlos steht er auf, hakt sich bei ihr ein.

Sie wendet sich zu mir: »Ich weiß zwar nicht, wer Sie sind, aber machen Sie sich keine Sorgen, ich kümmere mich um ihn. Die Begegnung mit Ihnen hat ihn überfordert«, sie lächelt nachsichtig: »Es ist nicht ihre Schuld, er hat das Gemüt eines verwirrten Kindes.«

Sie gehen davon, ein breitschultriger Mann mit einer schmächtigen, kleinen Frau.

Ich schaue ihnen hinterher, bis sie um die Ecke verschwunden sind.

Unfähig, mich zu bewegen, lausche ich meinem Atem. Es hilft, mich zu beruhigen. Schaller hat mich aufgewühlt.

Eine Windböe bewegt die Äste des Kastanienbaums, ich höre

Vogelgezwitscher, bin dankbar für dieses Zeichen des Lebens. Ich zünde mir eine Zigarette an, meine Hände zittern. Weiter vorne in der Straße habe ich einen Kiosk gesehen. Mit weichen Knien stehe ich auf, mache mich auf den Weg.

Zurück am Alexanderplatz sitze ich gedankenversunken auf einer Treppe, öffne den Verschluss einer Miniflasche Grand Marnier. Die Cognac-Orangenmischung tut mir gut, hilft, mein Gedankengewitter zu betäuben. Um mich herum tobt das Leben, Otto Schaller spukt in meinem Kopf.

Er stand mir nie besonders nahe. Wäre ich ihm heute nicht begegnet, hätte ich niemals mehr einen Gedanken an ihn verschwendet. Ich hatte ihn vergessen, wie man jemanden vergisst, den man nie wirklich kannte.

Ich versuche mir ins Gedächtnis zu rufen, wie ich ihn an der Universität wahrgenommen habe. Ein Sonderling, dem es schwerfiel, sich zu entscheiden.

Aber wer von uns wusste damals schon, was er wollte? In einer Zeit, in der das Ende, Schaller würde sagen, der Tod, in weiter Ferne lag, die Unverwundbarkeit der Jugend einzig Gedanken an eine rosige Zukunft bereithielt, interessierte uns doch alle nur der nächste Augenblick.

Schaller aber hatte bereits damals Angst vor der Zukunft. Und da sein Vater und Großvater das Schicksal der Familie bestimmten, schlug er auf der Suche nach der Wahrheit irgendwann den gleichen Weg ein.

Er durchlebte Sterben und Tod im Krieg, rannte davon, tauchte in der Anonymität der Großstadt unter, um Einsamkeit und Verzweiflung zu ersticken. Seine Kriegserlebnisse zerfraßen ihn, wie Maden einen Kadaver, er kollabierte und der Wahnsinn streckte die Hand nach ihm aus.

Er war gezwungen etwas zu finden, was seine Angst kontrollierte, also wählte er das, was er kannte, hundertfach gesehen hatte.

Den Tod.

Der Tod wurde seine Obsession, eine undefinierbare Angst vor einem absehbaren Ende. Endlich hatte er wieder eine Bestimmung. Das verbleibende Leben bis zum Tod akzeptiert er als Notwendigkeit.

Mir läuft ein Schauer über den Rücken, mit zitternden Händen führe ich die Zigarette an meine Lippen, zwinge mich, in die fröhlichen Gesichter zu schauen, die mich umgeben, bemühe mich, die finsteren Gedanken an Schaller aus meinem Kopf zu vertreiben. Auch wenn ich seine Ängste verstehen kann, vielleicht sogar ein wenig Sympathie dafür aufbringe, ist der Preis, den er dafür bezahlt, hoch. Zu hoch.

»Dit is ja ulkig, dat ick dir hier treffe.«

Das Mädchen mit der Pelzmütze setzt sich neben mich.

»Biste de janze Zeit schon hier jewesen, hab dir jar nich' jesehen.«

Ihre vertrauliche Art verwundert mich ein wenig, sie deutet auf die kleine Flasche Grand Marnier, die ich zwischen den Fingern halte.

»Haste ooch een' für mich?«

Ich werfe ihr einen nicht ganz ernst gemeinten, tadelnden Blick zu, sie lächelt verschämt. Dann fische ich zwei kleine Flaschen Grand Marnier aus meinem Rucksack. Wir schrauben die Deckel ab, prosten uns zu und trinken.

»Jutet Zeuch. Irjendwat mit Cognac und Orange, oder so«, hustet sie und lacht: »Wer trinkt'n heute noch sowat. Hat meene Oma ooch im Schrank. Ha'ick aber nie probiert.«

Sie betrachtet das Etikett: »Grand Marnier«, spricht sie den Namen mit deutschem Akzent aus: »Muss ick mal meenen Leuten von erzählen.«

Sie stellt das Fläschchen neben sich auf die Treppenstufe, zieht die Knie an die Brust. Ich schätze sie auf höchstens sechzehn, sie trägt pink lackierte Springerstiefel, eine über den Knien zerrissene Leggings. Auf ihrem Sweatshirt ist in neongelben Buchstaben *Apocalypse Now* gedruckt.

Ich frage mich, ob sie den Film von Copolla kennt? Ich bezweifle, dass sie überhaupt etwas über den Vietnamkrieg weiß.

»Ick hab' ooch wat for dir, bin ja keen Schmarotzer«, sie hält einen Joint in der Hand: »Zombiegras, echt geilet Zeuch, kannste mir glooben.«

Instinktiv schaue ich mich um, sie lacht: »Musste keene Angst ham, dit interessiert hier keenen, wir sind uff'm Alex, da kannste machen wat de willst.«

Herausfordernd schaut sie mir in die Augen: »Will'ste probieren?«

Ihr Blick ist unsicher, die Befangenheit einer Sechzehnjährigen, die sich nicht traut, ihr Gras alleine zu rauchen. Sie braucht einen Komplizen.

Ich frage mich, warum sie sich gerade mich ausgesucht hat? Sie wird es mir erzählen.

Schaller ist immer noch in meinem Kopf, ein bisschen Gras kann da nicht schaden.

Ich nicke, murmele: »Zombiegras? Da bin ich aber mal gespannt.«

»Da wirste Oogen machen«, freut sie sich und fischt ein Feuerzeug aus der Jackentasche.

Die Spitze des Joints glimmt. Sie nimmt einen langen Zug, bläst die Wangen auf und hält die Luft an. Nach einer Weile lässt sie den Rauch entweichen, reicht die Tüte an mich weiter und blinzelt mir zu.

Ich nehme zwei tiefe Züge, halte den Rauch in den Lungen.

»Dit machste jut«, lacht sie.

Wir rauchen schweigend. Ich beginne mich besser zu fühlen, die Gedanken an Schaller verfliegen.

»Du bist nicht aus Berlin, wa?«

Ich schüttele den Kopf. Ohne mein Zutun ziehen sich meine Lippen auseinander, ich grinse, weiß nicht, warum. Ihre Augen sind mit einem Mal riesengroß und leuchten, die Pelzmütze auf ihrem Kopf sieht aus wie ein kleines Tierchen.

Ich versuche, meinen Mund zu schließen, schaffe es nicht, aber eigentlich will ich es auch gar nicht.

»Hab' ick dir doch jesacht, geilet Zeuch. Zombiegras ebent.«

Ich nicke, fühle mich gut, habe mich noch nie besser gefühlt.

»Und wat machste jetzt in Berlin? Urlaub?«

»Ich suche die Wahrheit«, antworte ich, weil mir dieses Wort in dieser Sekunde in den Sinn kommt, um sich gleich darauf wieder in einem Nebel aus bizarren Gedanken aufzulösen.

»Du suchst nach de Wahrheit?«, murmelt sie: »Dit is' jut, ick bin ooch uff de Suche nach de Wahrheit.«

Sie sieht mich an: »Ick bin uff de Suche nach de Wahrheit, solang ick denken kann«, sie überlegt: »Aber sind nich alle Menschen uff de Suche nach de Wahrheit?«

Ich bereue, das Wort in den Mund genommen zu haben. Sie schaut mich mit großen Augen an, wartet auf eine Antwort. Warum musste ich dieses verdammte Wort auch aussprechen?

Ich sage nichts, warte und hoffe, dass ein neuer Gedanke das Wort aus ihrem Kopf verjagt, doch den Gefallen tut sie mir nicht.

Ich mag sie, weil sie aus irgendeinem Grund an mich glaubt, vielleicht weil ich fremd und unterhaltsam für sie bin, weil ich mich mit kleinen Flaschen Cognac mit Orangengeschmack auskenne, oder einfach nur, weil ihre Freunde gerade nicht am Alex sind. Ich habe das verdammte Wort in den Mund genommen, wir haben zusammen Zombiegras geraucht, wir sind jetzt so etwas wie Freunde, sie hat das Recht auf eine Antwort.

»Ja«, sage ich und nicke.

»Ja«, rufe ich lauter.

»Ja«, schreie ich aus voller Kehle.

Die Leute schauen zu uns herüber.

Sie lacht.

»Ja«, flüstere ich: »Jeder Mensch ist auf der Suche nach der Wahrheit«, und in Gedanken füge ich hinzu: Mehr oder weniger bewusst.

Sie nickt, ist zufrieden, das ist die Antwort, die sie hören will.

Wieder schweigen wir, doch meine Gedankenleichtigkeit ist verflogen.»

Wat passiert, wenn wa de Antwort finden?«, fragt sie mich plötzlich.

Ich muss lachen. Ein wenig irritiert schaut sie mich an. »Ich weiß nicht, ob es die eine Antwort überhaupt gibt«, sage ich rasch, um ihre Gefühle nicht zu verletzen.

»Aber et muss doch ne Antwort jeben«, beharrt sie.

Ich sehe in ihren Augen, wie das Thema in ihr brennt. Ihre Jugend wähnte mich in trügerischer Sicherheit, von dieser Art Fragen verschont zu bleiben. Nun ist es zu spät.

Aber wie soll ich einem Teenager in wenigen Worten erklären, womit ich mich schon mein ganzes Leben beschäftige?

Wie soll ich ihr erklären, dass Philosophen wie Sokrates, Platon, Aristoteles, Konfuzius, Kierkegaard, Hegel, Nietzsche, Hannah Arendt, Sartre, Camus und all die anderen seit jeher auf der Suche nach dem Sinn des Lebens sind?

Wie soll ich ihr erklären, dass alle zentralen Fragen des Lebens um Themen wie Vernunft, Emotionen, Erfahrungen und Widersprüche kreisen, ohne dabei etwas Eindeutiges hervorzubringen?

Wie soll ich ihr erklären, dass, je tiefer man in das Universum der Philosophie vordringt, der Nebel umso dichter, die Fragen umso zahlreicher werden? Wie soll ich ihr klarmachen, dass der Sinn des Lebens erst einmal darauf zu reduzieren ist, zu essen, zu trinken und zu atmen?

Wie um alles in der Welt soll ich einem Teenager begreiflich machen, dass der Mensch ohne Sinn in diese Welt geboren wird und dazu verdammt ist, seinen Sinn selbst zu bestimmen?

»Das Suchen ist das Ziel«, sage ich: »Aber eigentlich ist es nur eine Art Heiliger Gral. Es gibt ihn oder aber es gibt ihn nicht.«

Sie neigt den Kopf zur Seite.

»Wat is n Heilijer Gral«, fragt sie.

»Der Heilige Gral ist etwas Unbestimmtes. Ein Kelch, aus dem Jesus Christus während des letzten Abendmahls mit seinen Jüngern getrunken haben soll. Der Heilige Gral symbolisiert für die Christen die Suche nach etwas, von dem niemand weiß, ob es wirklich existiert. Der Heilige Gral ist das Ziel, das die Suche rechtfertigt, ohne zu wissen, ob die Suche erfolgreich sein wird.«

»Wer suchet, der findet«, sagt sie und grinst. Sie steht auf und beginnt im Kreis zu tanzen. Die Pelzmütze fällt ihr vom Kopf. Sie hebt sie auf, beugt sich herunter und flüstert mir ins Ohr: »Geilet Zeuch, det Zombiegras, oder?«

Sie nimmt meine Hand.

»Komm, steh uff, ick will, dette jemand kennenlernst.«

Eigentlich möchte ich sitzenbleiben.

»Jemanden kennenlernen? Jetzt? *Stoned*, wie ich bin?«

»Janz jenau«, antwortet sie.

Kaum habe ich mich aufgerappelt, da zieht sie schon an meiner Hand. Wir schlingern über den Alexanderplatz in Richtung Weltzeituhr.

Touristen stehen bei der Uhr und fotografieren.

Sie lotst mich an ihnen vorbei.

Dahinter sind Marktstände aufgebaut, entschlossen hält sie auf einen der Stände zu.

Der Typ hinter dem Verkaufsstand unterhält sich mit einem Kunden über die Auslage. Rauchkerzen, Haschpfeifchen und bunt bemalte Pillendosen. Er trägt einen grauen Militärrock mit silbernen Knöpfen. Um seine Stirn ist ein rotes Piratentuch gebunden, auf seiner Nasenspitze sitzt eine schmale Lesebrille, der süßliche Duft von Räucherstäbchen liegt in der Luft.

Als er meine neue Freundin sieht, wirft er die Arme in die Höhe und ruft: »Annafrieda«.

Sie fällt ihm um den Hals, sie umarmen sich. Er mustert

mich über den Rand seiner Brille.

»Dit is'n neuer Freund von mir«, sagt Annafrieda zu ihm, und zu mir gewandt:»Dit Zombiegras is übrigens von Shandor«, sie deutet auf den Typen und blinzelt ihm zu.

Er streckt mir seine Hand entgegen, ich schlage ein.

Shandor ist mir sofort sympathisch.

»Shandor kennt de Wahrheit«, sagt Annafrieda, und als ich sie ungläubig ansehe, ergänzt sie:»Er testet Drogen, um Antworten zu finden. Früher wa'rer Wissenschaftler bei 'ner großen Firma.«

Sie deutet auf mich:»Und der hier sucht de Wahrheit.«

Es ist mir ein bisschen unangenehm, wie sie mich vorstellt.

Shandor zeigt keine Reaktion, außer, dass er mir zunickt.

Um meine Verlegenheit zu überspielen, frage ich:»Sie testen also Drogen?«

Sofort kommt mir die Frage bescheuert vor.

»Wie wäre es erst einmal mit einem Kaffee?«, entspannt Shandor die Situation.

»Oh ja«, ruft Annafrieda,»'n starken, schwarzen Shandorkaffee.«

Kurz darauf sitzen wir hinter dem Verkaufsstand, trinken Kaffee. Shandor hat eine Plane über die Auslagen gelegt. Er erklärt uns, dass er um diese Zeit sowieso kaum etwas verkauft. Ich habe eher das Gefühl, er will seine Geschichte erzählen.

Er fischt einen Joint aus der Rocktasche, präsentiert ihn kurz, dann zündet er ihn an. Nach einem langen Zug lässt er ihn kreisen. Als ich an der Reihe bin, schmecke ich das Zombiegras. Annafrieda grinst.

Der Joint kommt wieder bei Shandor an:»Ich konsumiere keine Drogen, ich experimentiere mit Rauschmitteln.« Die Unterscheidung ist ihm wichtig.

»Genauer gesagt sind es psychedelische Drogen. LSD und Magic Mushrooms.«

»LSD? Timothy Leary? Bewusstseinserweiterung als gesellschaftlicher Auftrag?«, bemerke ich.

Shandor nickt: »Du sollst das Bewusstsein deines Nächsten nicht verändern, aber du sollst deinen Nächsten auch nicht daran hindern, sein Bewusstsein zu verändern.«

»Learys zwei Gebote für das molekulare Zeitalter«, sage ich.

»Allerdings gelten die beiden Gebote nicht nur für den Gebrauch von LSD, sondern ebenso für die Manipulation durch die Massenmedien, durch die Politik oder durch Gruppenzwang«, erklärt Shandor.

Ich nicke, während meiner Doktorarbeit habe ich mich mit Timothy Learys Theorien aus den sechziger und siebziger Jahren beschäftigt.

Der Joint kommt wieder bei mir an, ich nehme noch einen Zug. »Shandor hat alles ausprobiert«, sagt Annafrieda, auf ihrem Gesicht liegt ein breites Grinsen.

»Nicht alles«, korrigiert Shandor: »Was mich neugierig machte, waren die Berichte von Leuten, die durch Drogen die Erfahrung gemacht hatten, dass sich ihr Selbst, also ihr *Ich*, vollkommen auflöste. *Cogito ergo sum* – ich denke, also bin ich. Der wesentliche Pfeiler unseres philosophischen Denkens. Welch ein Rückschlag würde es für die Philosophie bedeuten, wenn das *Ich* gar nicht existiert?«

Shandor nimmt einen letzten Zug, dann löscht er den Joint.

»Eines meiner Experimente war auf Magic Mushrooms. Der Pilz schmeckte nach Pappe, also strich ich Nutella drauf, das hat geholfen.« Shandor lacht: »Der Großteil des Trips war ziemlich unangenehm, ich fand mich in einer dunklen Nacht in einer sterilen Computerlandschaft gefangen. War alles ziemlich klaustrophobisch.«

Er nippt an seinem Kaffee:»Das nächste Mal erhöhte ich die Dosis. Dieses Mal war es anders. Ich sah einen Mann, er war mit Papierschnipseln bedeckt. Es waren unzählige Papierschnipsel. Der Mann, das war eindeutig ich. Als sich die Papierschnipsel auflösten, löste sich der Mann zusammen mit den Schnipseln auf. Das verrückte daran war, dass ich mich selbst aus der Beobachterperspektive sah, trotzdem fühlte es sich nicht beunruhigend an.«

»Wenn du nur noch ein Haufen Papierschnitzel warst«, frage ich:»Wer war dann derjenige, der das alles beobachtet hat? Wenn die Unterscheidung zwischen dem Subjekt, also dem *Ich* hier, und dem Objekt, das *Andere* dort, nicht mehr existiert, dann ...«

»Das ist der springende Punkt«, antwortet Shandor:»Diese Erkenntnis hebelt alles aus, was unser Denken bestimmt. Wir gehen davon aus, dass wir mit uns selbst identisch sind, doch das Empfinden über unser Selbst ist reine Illusion. Es gibt viele andere Perspektiven, die unser Unterbewusstsein fähig ist, einzunehmen.«

Annafrieda sitzt mit glasigen Augen auf ihrem Hocker.

»In unserem Gehirn gibt es eine Funktion, die unserem *Ich* sehr nahekommt. Diese Funktion filtert und kontrolliert unsere Gefühle, unsere Erinnerungen und Informationen. Sie achtet darauf, dass im Kopf nicht alle durcheinanderreden.«

»Und die *Magic Mushrooms* schalten diese Funktion aus?«, frage ich.

»Nun, zumindest drängen die Pilze die Funktion in den Hintergrund. Mit einem Mal reden alle im Kopf durcheinander. Das Gehirn verdrahtet sich vorübergehend neu, dadurch nehmen wir andere Perspektiven ein, wandeln auf unbekannten Pfaden.«

Er überlegt einen Moment:»Was das Mikroskop für die Biologie ist oder das Teleskop für die Astronomie, sind psychedelische Drogen für die Bewusstseinsforschung.«

Er gießt Kaffee nach, eine Frau kommt an den Marktstand, fragt nach einer Pfeife. »Komm' morgen nochmal wieder, dann hab' ich sie hier«, antwortet Shandor. Die Frau bedankt sich und geht.

Shandor greift den Faden wieder auf: »Ich bin mir sicher, dass psychedelische Drogen zu unserer kulturellen Evolution beigetragen haben. Es gibt Philosophen und Erfinder, die behaupten, mit Psychedelika auf neue Ideen gekommen zu sein. In der Antike trafen sich die Griechen in kleinen Gruppen und unternahmen Trips zur Erkenntnisgewinnung. Es gibt sogar eine Theorie, die besagt, dass das religiöse Verlangen im Menschen auf den Gebrauch von Psychedelika zurückgeht. Wie soll man auch sonst auf die Idee kommen, es gäbe ein Leben nach dem Tod?«

»De Welt is eh total verrückt«, meldet sich Annafrieda: »Vielleicht sollten wa't alle ma mit Drogen vasuchen.«

Shandor grinst: »Wenn selbst die Jugend dieser Meinung ist, wird es höchste Zeit, es einmal auszuprobieren. Unsere Gesellschaft ist in immer gleichen Mustern gefangen. Leider sind diese Muster böse. Ein bisschen LSD im Trinkwasser würde helfen, die Feindseligkeiten zwischen den Eliten und dem Proletariat, der Stadt und dem Land, zwischen Schwarz und Weiß aufzulösen«, er sieht mich an: »Welches sind derzeit die größten Probleme der Menschheit?«

»Da gibt es wohl einige«, zucke ich mit den Schultern.

»Die Umweltkrise und der Zerfall der gesellschaftlichen Verbindlichkeit«, sagt er. Sein Blick kreist über den Alexanderplatz: »Weißt du, wer daran schuld ist?« Wieder hebe ich die Schultern: »Das menschliche Ego. Und warum?« Es ist eine rhetorische Frage: »Wir Menschen haben uns angewöhnt, die Wirklichkeit zu verdrängen und uns selbst zu belügen. In unserem Größenwahn glauben wir, unser Ego ist für alle Probleme dieser Welt verantwortlich, weil wir besonders sind. Ein Irrglaube. Der Mensch ist nur Teil eines komplexen Systems, LSD könnte dabei helfen, diese egozentrische Auffassung auszuräumen.«

Shandor erhebt sich von seinem Hocker.

»Es wird Zeit, dass wir uns zur Wehr setzen«, sagt er.

»Aber wie sollen wir uns wehren?«, frage ich, ein wenig benebelt vom Zombiegras.

»Genau das ist die entscheidende Frage«, antwortet er: »Mit psychodelischen Drogen, LSD für alle.«

Annafrieda springt von ihrem Hocker auf: »Dit ist ma hier echt zu ville theoretischet Jequatsche jetze.«

Mit ausgebreiteten Armen geht sie auf Shandor zu.

»Vielen Dank für'n Kaffee. Is' der Beste uff'm janzen Alex«, sagt sie.

Shandor umarmt sie: »Ich freue mich immer, wenn du vorbeischaust.«

Ich bin ebenfalls aufgestanden, strecke ihm meine Hand entgegen.

»Ich hoffe, dass du deine Antworten findest«, sagt er.

Noch bevor ich etwas erwidern kann, nimmt mich Annafrieda bei der Hand. »Komm', ick will dir wat zeigen.«

Ich werfe Shandor einen letzten Blick zu, er lächelt beseelt.

Annafrieda zerrt mich über den Platz, die Sonne steht tief, ich petze die Augen zusammen. Am liebsten würde ich mich auf die Steinplatten legen, mein Gesicht in die Sonne halten, abwarten, bis ich wieder klar im Kopf bin. Doch Annafrieda hat andere Pläne, sie lotst mich zum Rand des Platzes.

Eine breite Chaussee trennt den Alexanderplatz von einem Rasenstück auf der gegenüberliegenden Straßenseite.

Sie lässt meine Hand los, deutet hinüber.

»Da drüben. Siehste, die ham ihre Wahrheit jefunden.«

Sie sagt es mit einem Vibrieren in der Stimme, ich spüre Respekt und Bewunderung.

Ich halte meine Hand über die Augen, um besser sehen zu können.

Menschen, eine Mauer aus Menschenleibern. Sie halten Plakate und Schilder in die Höhe. Ich kann nicht erkennen, was draufsteht.

Kein Laut dringt aus der Kundgebung; im Gegenteil, sie scheint jeden Laut aus der Umgebung zu verschlucken.

Die Leute auf unserer Straßenseite sind stehen geblieben und schauen hinüber. Autos und Busse fahren im Schritttempo an den Demonstranten vorbei, ein Trupp Straßenreiniger in orangefarbenen Uniformen hält die Besen still.

Ich weiß gar nicht, ob ich nach drüben will, ob es mich wirklich interessiert, was die auf der anderen Seite der Straße stört.

Doch Annafrieda nimmt mir die Entscheidung ab.

»Lass uns rüberjehn.« Sie packt meine Hand und zieht mich über die Straße. Ich lasse mich ein wenig zurückfallen, aber sie zerrt mich hinter sich her. Jetzt kann ich die Schilder lesen: *Es ist schon zu spät*, steht auf den Plakaten, oder *Zukunft ist jetzt*.

Ich sehe hauptsächlich junge Menschen. Sie tragen weiße T-Shirts mit farbigen Aufdrucken. Sie sind still, seltsam still. Protestler, die ein Schweigegelübde abgelegt haben. Eine Demonstration, die ohne Sprecher auskommt, der die Gruppe mit einem Megafon anfeuert, Lärm macht, Aufmerksamkeit erzeugt, der Menge einen Willen verleiht. Doch diese Leute kommen ohne Anführer aus, und, bis auf wenige Schilder und Banner, auch ohne Worte.

Es ist diese Atmosphäre, die mich mit voller Wucht trifft.

Junge Menschen mit ernsten, verhärmten Mienen, die Gesichter seltsam verbraucht. Ihre Blicke sind unversöhnlich. Wir gehen mitten durch die Menschenmenge, meine Hand krampft sich um Annafriedas Hand. Ich will sie jetzt nicht verlieren, kann es mir nicht leisten, sie zu verlieren. Ich wäre orientierungslos, gefangen in einer Menge, die mir Angst macht.

Wir schieben uns weiter, quetschen uns zwischen Rollstühlen hindurch. Überall stehen junge Menschen mit Gesichtsausdrücken in allen verzweifelten Nuancen: hoffnungslos, gebrochen, entmutigt, deprimiert, trübsinnig, unglücklich, niedergeschmettert.

In einem Bollerwagen sitzen zwei kleine Kinder und weinen. Ein Junge mit roten Locken und einer Sonnenbrille mit blauen Gläsern entdeckt uns, schwenkt eine hörbar schwach gefüllte Sammelbüchse.

Ich greife in die Hosentasche und stopfe Münzen und Scheine hinein, alles, was mir unter die Finger kommt. Es kommt mir vor, als kaufe ich meine Seele gerade vom Teufel frei.

Hoffentlich sehen sie es, sehen sie es alle, diese armen, verzweifelten Demonstranten, mit ihren Mienen aus Angst und Feindseligkeit, wie ich bereit bin zu opfern.

Ich hoffe, sie lassen uns passieren, stecken uns nicht an mit ihrem Virus der alternativlosen Hoffnungslosigkeit, das sie mit dem Wahn der Selbstgerechtigkeit und der Überzeugung einer überlegenen Deutungsmoral antreibt.

Wir durchbrechen die letzte Reihe der Demonstranten. Ich nutze den wiedergewonnenen Bewegungsspielraum, renne los, schaffe es bis zu einer Parkbank, auf die ich erschöpft niedersinke. Ich bin außer Atem, zittere.

Annafrieda kommt. Ihr scheint das trostlose Schauspiel weniger auszumachen. Als sie mich sieht, ruft sie: »Meine Jüte, du siehst ja aus wie'n Jespenst.«

Sie setzt sich neben mich. Ich zwinge mich, kontrolliert zu atmen.

Nach einer Weile bekomme ich wieder Luft.

»Dit waret, wat ick dir eijentlich zeigen wollte«, sagt Annafrieda, als sie sieht, dass ich mich ein wenig gefangen habe: »Wusste ja nicht, det dich der Anblick der Typen so mitnimmt.« Sie schaut hinüber zu der Menschenmenge: »Zumindest ham die ihre Wahrheit jefund'n."

»Glücklich sehen sie aber nicht aus«, sage ich.

»Ach«, sieht sie mich überrascht an: »Isset wichtich, dette Wahrheit glücklich macht?«

Ihre Antwort gefällt mir, lässt mich nachdenken.

Annafrieda steht von der Bank auf, tanzt zwischen mir und den Demonstranten auf der Wiese. Es ist ihre jugendliche, überschüssige Energie.

Nach einer Weile setzt sie sich wieder neben mich. Wir beobachten, wie sich die Versammlung auflöst. Mit unbewegten Gesichtern stieben die Leute in alle Himmelsrichtungen auseinander.

»Weeste, wat ma nich jefällt?«, fragt Annafrieda: »Die ham keenen Spaß«, nachdenklich sieht sie den Demonstranten hinterher, bevor sie hinzufügt: »Ick find's wichtich, Spaß zu ham, wenn ick de Jesellschaft verändern will. Wer will schon inner Jesellschaft ohne Spaß leben? Ick jedenfalls nicht.«

Wieder springt sie auf, tanzt um die Bank herum. Dabei lacht sie, hört gar nicht mehr auf zu lachen. Nach einer Weile hat sie mich mit ihrem Lachen angesteckt. Gemeinsam lachen wir, lachen wie kleine Kinder, halten uns die Bäuche.

Mit einem Mal steht ein Hund vor Annafrieda. Ich habe nicht gesehen, aus welcher Richtung er gekommen ist.

Sie beugt sich hinunter, streichelt ihm über den Kopf: »Hallo Luna. Schön dir zu sehen. Machst'n Spazierjang?«

Der Hund öffnet sein Maul, es sieht aus, als ob er lacht. Ich sehe, dass seine Augen zwei unterschiedliche Farben haben. Das eine ist braun, das andere grün.

»Wo hast de denn Happy jelassen?«, fragt Annafrieda Der Hund schiebt seine Schnauze in ihre Hand.

»Luna ist meene Freundin. Ick treff se oft am Alex«, sagt Annafrieda, mehr an den Hund, als an mich gewandt.

»Du kennst den Hund?«, frage ich, ein wenig überrascht.

»Ja, 'türlich, und ooch alle anderen«, sie sieht sich um: »Ick wundere mir, wo Happy is. Luna taucht eijentlich nie ohne den uff«.

Etwas stößt mich in den Rücken.

»Happy«, kreischt Annafrieda. Ein schwarzer Pudel flitzt unter der Bank hervor, jagt auf Annafrieda zu, stemmt seine kleinen Pfoten gegen ihre Beine. Luna bellt.

»Kommt ma runta, ihr beeden. Ick freu ma ja ooch, euch zu sehen.«

Sie hebt den Pudel hoch, reibt ihre Nase gegen seine.

»Leider ha 'ick heute für euch nüscht dabei«, sie zeigt ihre Handflächen.

»Wem gehören die beiden?«, frage ich.

»Frag' sie doch selbst«, sie beugt sich zu den Hunden hin-unter: »Meen Freund möchte wissen, wem ihr jehört. Dit soll er am besten selbst rausfinden.«

Die Hunde werfen mir einen Blick zu.

»Ick muss los jetze«, sagt Annafrieda.

Luna hebt ihre Pfote, legt sie auf Annafriedas Hand.

»War 'ne coole Zeit mit dir«, wendet sich Annafrieda zu mir: »Ick drück dir de Daumen, dette deine Wahrheit findest«, sie schmunzelt: »Vielleicht sieht man sich ja mal wieder. Berlin is'n Dorf und wenn wa zufällich ma wieder denselben Rhyth-mus ham, denn bringt uns diese Stadt sowieso zusammen.«

Sie winkt mir zum Abschied zu. Einmal dreht sie sich noch um, dann ist sie zwischen einer Gruppe asiatischer Touristen verschwunden.

Ich bin wieder alleine, die Sonne blendet durch das Blätterdach der Baumkronen, ich spüre das Zombiegras.

Welch ein verrückter Tag. Keine vierundzwanzig Stunden sind vergangen, seitdem ich mein einstiges Leben abgestreift habe wie ein Reptil sein altes Schuppenkleid. Mir ist es tatsächlich gelungen, die notwendige Energie aufzubringen, mich aus der Sackgasse meiner Monotonie herauszumanövrieren und mich von einem Leben zu verabschieden, dass keinerlei Reize mehr bot, das bereits zu Ende gedacht war. Die Langeweile meines Alltags scheint Lichtjahre entfernt.

Gegenüber auf dem Alexanderplatz tummeln sich die Menschen. Ich kann ihre Gesichter nicht erkennen, sehe nur Silhouetten, die sich über den Platz bewegen. Mir sind diese Leute fremd, doch jeder von ihnen hat seine eigene, ganz persönliche Geschichte. Es ist wichtig, dass wir unsere Geschichten austauschen, Begegnungen bringen Erkenntnisse, Erkenntnisse schaffen Wahrheit.

Otto Schaller ist das leider nicht mehr vergönnt, er ist gefangen in seinen wirren Überzeugungen, seine Lebensenergie verpufft in endlosen Gedankenschleifen.

Dabei sind mir Schallers düstere Gedanken näher, als ich mir das eingestehen will. Das Gefängnis der Ausweglosigkeit, das seine Wahnvorstellungen einschließt, drohte ebenso mein Bewusstsein einzusperren. Obwohl mir Schaller Angst macht, bin ich trotzdem froh, ihn getroffen zu haben, in seiner Seele spiegelte sich mein eigener Schatten.

Leider wird die Welt immer komplexer. Zwar ist es der modernen Gesellschaft, zumindest in unseren Breitengraden, gelungen, ihre Grundbedürfnisse zu befriedigen: wir essen, trinken, haben ein Dach über dem Kopf, erlauben uns sogar, Luxus mit Glück zu verwechseln. Die Sinnsuche hat sich vom Existenziellen ins Ideologische verlagert, Ethik und Moral sind gefragte Wahrheiten.

Wer aber bestimmt die Moral in einer Gesellschaft, die immer komplizierter wird?

Es sind die statistischen Mittelwerte der sozialen Netzwerke, moralische Fragen, die raschen Bewertungen unterworfen werden, Stimmungsmomente, die verbindliche Überzeugungen prägen.

Ich schüttele den Kopf ob dieser Erkenntnis, frage mich, warum es eigentlich der Homo Sapiens ist, der auf unserem Planeten das Recht für sich beansprucht, eine verpflichtende Moral zu setzen? Nur weil er einen Verstand hat? Es fällt mir schwer, diesen Gedanken zu akzeptieren.

Die Hunde sitzen wie versteinert vor mir, starren mir in die Augen. Ihr hypnotischer Blick ist mir fremd, aber nicht unangenehm. Es ist, als ob sie mich durchschauen, meine Gedanken lesen. Es ist seltsam, aber ihre Anwesenheit entspannt mich.

Aus dem Rucksack bringe ich ein Wurstbrötchen zum Vorschein. Die Nasen der Hunde vibrieren.

Ich breche zwei Brocken heraus. Happy schnappt sich einen Happen, verzieht sich unter die Bank, Luna schnuppert an dem Bissen, knappt ihn mir sanft aus der Hand und verschlingt ihn in einem Stück.

Happy schnüffelt an meinem Rucksack, Luna behält mich im Auge. Ich breche zwei weitere Brocken aus dem Brötchen. Die Hunde sitzen auf ihren Hinterläufen, warten gespannt, dass ich ihnen ihren Anteil hinhalte. Es ist unglaublich, wie sie es in so kurzer Zeit geschafft haben, zu mir eine Beziehung aufzubauen, ihr Vertrauen ist ansteckend.

Die Hupe eines Reisebusses lässt mich aufschrecken, erst jetzt nehme ich meine Umgebung wieder wahr. Autos jagen den Boulevard entlang, Passanten überqueren mit schnellen Schritten die Straße, die Bremsen einer S-Bahn quietschen.

Geräusche vom Alexanderplatz schwappen herüber.

Großstadtlärm. Alltagsroutine.

Routine macht mir Angst, lässt mich leiden, sie ist zu grau.

Mein Schlafmangel macht sich bemerkbar, ich reibe mir die Augen.

Ich halte Luna und Happy den Rest des Brötchens hin. Es interessiert sie nicht mehr, stattdessen stößt mich Luna mit der Schnauze an, Happy springt auf die Bank und bellt.

Die Situation überfordert mich, mir wird bewusst, dass ich die Hunde kaum kenne. Annafrieda kennt sie, aber sie ist nicht mehr hier.

Wieder schubst mich Luna mit der Schnauze, knurrt. Es ist ein sanftes Knurren.

Sie entfernt sich einige Meter von der Bank, schaut in meine Richtung und bellt. Happy läuft zu ihr.

Sie wollen, dass ich ihnen folge.

Annafrieda hat mir ans Herz gelegt, mich ihnen anzuvertrauen. Was habe ich schon zu verlieren? Außerdem möchte ich wissen, zu wem sie gehören.

Ihre Schwänze wedeln, als ich aufstehe.

Happy läuft voraus, den Bürgersteig entlang. Luna spaziert an meiner Seite. Sie scheint aufzupassen, dass ich nicht ausbüchse.

Wir entfernen uns vom Alexanderplatz.

Ab und zu fällt Luna zurück, schnuppert an einer Laterne oder einem Stromkasten.

Die Hunde biegen in eine verlassene Straße ein, ich folge ihnen.

Eine Werkhalle reiht sich an die nächste, die Zugangstore der kleinen Fabrikgebäude sind verschlossen, der Zahn der Zeit hat die Häuser gezeichnet. Es sind ehemalige Manufakturen, zu marode, sie zu nutzen, zu teuer, sie abzureißen.

Happy vergewissert sich, dass ich noch hinter ihm bin,

Luna schnuppert an einer Hausfassade.

Je tiefer wir in das Viertel eintauchen, desto einsamer wird es. Kein Mensch kommt uns mehr entgegen, kein Auto fährt vorbei. Die Pflastersteine der Straße sind so ungleichmäßig angeordnet, dass man auf die Idee kommen könnte, sie wurden in Eile verlegt.

Ich muss an ein Buch denken, dass ich über Joschka Fischer, den ehemaligen Außenminister der Republik, gelesen habe. Seine politischen Anfänge wurzeln in der Frankfurter Sponti-Szene. Gemeinsam mit Daniel Cohn-Bendit, einem Deutsch-Franzosen, der als Studentenführer während der 68er-Revolten aus Frankreich ausgewiesen wurde, arbeitete Fischer damals bei einem Frankfurter Stadtmagazin. Das Magazin hieß *Pflasterstrand*, mit der Idee hinter dem Namen: dass unter dem Pflaster, dem Asphalt, der Strand verborgen liege. Eine Anspielung auf die Verkrustung der spießigen Bürgerlichkeit.

Als ich aufschaue, ist Happy verschwunden. Rasch vergewissere ich mich, dass Luna noch in der Nähe ist. Aber auch sie hat sich abgesetzt.

Ich stoppe ab, hoffe, dass meine vierbeinigen Freunde gleich wieder auftauchen. Die Straße ist menschenleer, die Fabrikgebäude verlassen, es riecht nach altem Teer.

»Happy, Luna«, rufe ich. Nach einer Weile noch einmal: »Luna, Happy.«

Meine Stimme hallt von den Fassaden der Gebäude wider.

Langsam werde ich unruhig, feige Gedanken schleichen sich in meinen Kopf. Wo bin ich? Was habe ich mir bloß dabei gedacht, mich zwei wildfremden Hunden anzuvertrauen?

Ich versuche es ein letztes Mal, forme mit beiden Händen einen Trichter: »Happy, Luna, wo seid ihr?«

Keine Reaktion, die Hunde bleiben verschwunden.

Es macht keinen Sinn, noch länger auf sie zu warten. Entweder gehe ich die Straße zurück oder folge ihr weiter.

Ich entscheide mich dafür, die Straße weiter entlangzulaufen, irgendwohin wird sie mich schon führen.

Ich spüre das Gewicht des Rucksacks auf meinen Schultern, meine Hände schwitzen, eigentlich schwitze ich am ganzen Körper. Mir ist ein wenig schwindelig, ich sehne mich nach einem Schluck Wasser. Leider habe ich vergessen, welches einzupacken.

In der Entfernung glaube ich, etwas riesenhaft Schwarzes zu sehen. Ich vergewissere mich, nicht zu halluzinieren, schaue genauer hin.

Tatsächlich, auf dem Bürgersteig sitzt ein monströser Hund mit kurzem Fell. Seine kantige Schnauze zeigt in meine Richtung, die Ohren stehen senkrecht in die Höhe, seine Augen funkeln mich finster an.

Normalerweise habe ich kein Problem mit Hunden, trotzdem ist es ein seltsames Gefühl, auf so ein einsames Riesenvieh zu treffen.

Ich sollte besser keine Angst zeigen, also schlurfe ich langsam weiter.

Der Hund bewegt sich nicht. Es ist ein Schäferhund. Sein Kopf ist braun, der Körper schwarz. Er hat Witterung aufgenommen, seine Nasenflügel beben, er riecht meine Angst.

Meine Schritte werden kürzer, ich habe das Gefühl, auf der Stelle zu treten. In meinem Kopf explodiert Panik, fieberhaft überlege ich, was zu tun ist.

Ich könnte weitergehen, bis ich an ihm vorbei bin. Warum sollte er mir etwas tun? Vielleicht will er mich nur ein wenig erschrecken, Hunde tun so etwas. Noch sitzt er auf seinen Hinterläufen, starrt mich an.

Wenn ich allerdings tiefer in sein Revier eindringe, könnte er das als Feindseligkeit auffassen. Ich habe keine Lust, mit dem Gebiss hinter der kantigen Schnauze Bekanntschaft zu machen.

Meine Beine gehorchen mir nicht mehr, ich verharre auf der Stelle.

Es scheint ihn zu irritieren. Er hebt den Kopf, streckt die Schnauze in meine Richtung, starrt mich mit funkelnden Augen an.

Ich spüre Schweißperlen auf meiner Stirn.

Nur jetzt keine hektischen Bewegungen.

Mein Mut hat mich vollends verlassen.

Ich werde mich jetzt umdrehen, mit geordneten Schritten ganz langsam in die entgegengesetzte Richtung davongehen, in der Hoffnung, dass er mich nicht hetzt.

Ganz vorsichtig setze ich einen Fuß zurück, drehe ich mich um die eigene Achse.

Im gleichen Augenblick gefriert mir das Blut in den Adern.

Keine drei Meter von mir entfernt sitzen zwei Schäferhunde auf dem Bürgersteig, starren mich grimmig an. Ihre Köpfe sind braun.

Meine Kehle ist staubtrocken, meine Knie zittern.

Ich höre, wie der Riesenschäferhund hinter mir zu knurren beginnt. Es ist ein feindseliges, finsteres Knurren, das jede Hoffnung auf ein Arrangement zwischen mir und den Tieren im Keim erstickt.

Adrenalin schießt mir ins Blut, mein Gehirn produziert Bilder meiner Flucht, die mein Verstand in einer Millisekunde als aussichtslos analysiert.

Durch einen Nebelschleier der Angst sehe ich, wie die beiden Schäferhunde auf mich zukommen, hinter mir wird das Knurren lauter.

Mir ist schwindelig, ich bin kurz davor, das Bewusstsein zu verlieren.

Im nächsten Augenblick dringt wie durch Watte ein Bellen an meine Ohren.

Ich kenne diese Stimme. Mein überfordertes Gehirn entzündet ein Flämmchen der Hoffnung.

Die beiden Hunde vor mir stoppen ab, hinter mir erstirbt das Knurren.

Happy saust heran, leckt den beiden Schäferhunden mit seiner kleinen Zunge über die Schnauzen. Vorsichtig drehe ich mich um.

Luna steht bei dem Riesenhund, beide wedeln mit den Schwänzen.

Happy kommt zu mir gelaufen, sein kleines Maul ist geöffnet. Es sieht aus, als ob er mich anlächelt. Er streicht mir um die Beine, gibt mir zu verstehen, ich soll mich entspannen, er hat die Situation im Griff. Obwohl mein Herz wild gegen meinen Brustkorb schlägt, meine Knie zittern, rührt mich die Szene. Luna ist losgelaufen, trabt auf dem Bürgersteig vorwärts, der Riesenhund läuft neben ihr. Happy und die beiden Schäferhunde setzen sich ebenfalls in Bewegung. Inmitten der Tiere schlendere ich die Straße entlang.

Nach einigen Metern wird Luna langsamer, schaut einen Moment in meine Richtung, dann verschwindet sie in einem Hofdurchgang. Der Riesenschäferhund folgt ihr. Happy saust an mir vorbei, läuft ebenfalls in den Durchgang, die Schäferhunde bleiben auf Abstand.

Ich nähere mich dem Haus, der Durchgang führt in den Innenhof eines alten Fabrikgebäudes. An der Fassade des Gebäudes ist ein Schild aus Emaille angebracht: *Berliner Ölmühle* steht dort. Darunter war etwas eingraviert, doch die Buchstaben sind abgeblättert.

Eine alte Manufaktur.

Ich schaue die Fassade hinauf. Hier und dort bröckelt der

Putz, die meisten der Fenster sind unversehrt, einige mit Holzlatten vernagelt.

Noch habe ich mich nicht entschieden, doch schon machen sich meine Füße selbstständig, etwas lockt mich in den Hof. Von der anderen Seite begrüßt mich das Licht.

Der Innenhof ist von einer Steinmauer umgeben, der Boden mit Pflastersteinen bedeckt, eine schmale Grasfläche grenzt den hinteren Teil gegen die Mauer ab. Die Wiese liegt im Schatten zweier alter Eichen. Ein kleines Haus mit Schieferdach ist an die Mauer angebaut. In der Ecke steht ein Brunnen, aus dem Maul eines kupfernen Hundekopfes tropft Wasser hinein. Hinter einem Vorsprung neben dem Hofdurchgang liegt ein Hund. Ich habe ihn nicht bemerkt, als ich den Innenhof betrat. Es ist eine Dogge mit graudurchzogenem Fell, die Schnauze liegt träge auf den Vorderpfoten, ihre Augen folgen meinen Bewegungen.

Vorsichtig strecke ich meine Hand aus, streichle ihr über den Kopf. Für einen Moment schließt sie die Augen. Im Hof ist es still, ich höre, wie das Wasser in den Brunnen tropft.

Die Fassade der Manufaktur besteht aus Klinkersteinen, die Balkone sind versetzt zueinander angeordnet, eine Wendeltreppe führt hinunter in den Hof. Unter dem Dach ziert ein Relief die gesamte Breite der Mauer. Dutzende von Hundeköpfen heben sich plastisch vom Hintergrund ab. Soweit ich das beurteilen kann, handelt es sich um eine anspruchsvolle Arbeit.

Mit einem Mal erscheinen zwei Hunde auf einem der Balkone, schnüffeln in meine Richtung. Einer von ihnen bellt. Sofort füllen sich die Balkone und unzählige Hunde strömen aus dem Haus: Schäferhunde, Dackel, Beagle, Terrier, Dobermänner, Labradore, Golden Retriever, sogar zwei Bulldoggen sind dabei.

Überwältigt von dem Anblick taumele ich einige Schritte

zurück. Währenddessen strömen die Hunde zur Wendeltreppe, jagen die Stufen herunter, Fellrücken ineinander verwoben wie eine Schmetterlingsraupe.

Am Fuße der Treppe angekommen jagen sie auf mich zu, beschnuppern mich, streifen mir um die Beine. Die ersten Tiere springen an mir hoch, überall sind Pfoten, ich wanke zurück, die Meute verschiebt sich mit in meine Richtung.

Langsam wird mir die Begeisterung der Tiere zu viel, ich drehe mich um die eigene Achse, doch die Hunde bleiben an mir kleben wie Fliegen an einer Zuckerstange.

»Georges, Zoé, Lilly, Dobby, alle zurück und sitz'«, hallt eine strenge Stimme über den Hof.

Soweit mir das möglich ist, drehe ich meinen Kopf. Jemand steht vor der Tür des kleinen Hauses, Happy und Luna sitzen an seiner Seite.

Die Hunde lassen von mir ab, streifen noch einen Moment um meine Beine, dann ziehen sie sich zurück.

»Na also«, brummt mein Retter.

Mit lässigen Schritten kommt er auf mich zu, streckt mir die Hand entgegen. Die Intensität seines Blickes erinnert mich an die Schäferhunde. Er trägt einen Vollbart, seine Haare sind schwarz und schulterlang.

»Ich hoffe, sie haben dich nicht allzu sehr erschreckt?«

Ich schüttele seine Hand: »Nicht wirklich«, lüge ich.

Happy kommt zu mir, ich streichle ihm über den Kopf.

»Happy und Luna haben mich hergeführt.«

»Du kennst ihre Namen?«

»Ja, Annafrieda hat sie mir verraten, ich habe sie am Alexanderplatz getroffen.«

Er mustert mich: »Wir bekommen hier nicht allzu oft Besuch.«

Ich nicke.

Ich wollte mich gerade raus auf den Hof setzen«, sagt er: »Willst du auch ein Bier?«

»Gerne«, nehme ich das Angebot an.

Der Hundemann holt zwei Stühle und einen kleinen Tisch aus dem Haus. Ich helfe beim Aufbauen, die Hunde beäugen uns aus der Entfernung.

»Berliner Kindl, eiskalt«, er reicht mir eine Flasche.

Wir setzen uns, stoßen an: »Lukas«, stellt er sich vor. Die Hunde sitzen wie Hühner auf der Stange nebeneinander, lassen uns nicht aus den Augen.

»Schau sie dir an, sind sie nicht faszinierend«, sagt der Hundemann.

»Gehören sie alle dir?«, frage ich.

»Sie gehören niemandem, sie sind freiwillig hier, wir leben zusammen.«

Die Überzeugung seiner Worte erzeugt Respekt, fürsorglich sieht er zu den Tieren.

»Jeder von ihnen hat seinen eigenen Charakter, eine eigene Geschichte.«

»Hugo zum Beispiel«, er beugt seinen Oberkörper nach vorne: »Hugo, komm' zu mir.«

Ein Hund löst sich aus dem Rudel, trottet auf Lukas zu. Er hat eine Zeichnung aus drei verschiedenen Farben, ein hübscher Hund.

»Hugo habe ich aus einem Tierheim in Metz hierher geholt. Französische Freunde informierten mich, dass ein Hund in der Todeszelle auf die Spritze wartet. Nur einige Wochen zuvor fanden ihn Tierschützer streunend und abgemagert am Strand von Guadeloupe. Er wurde halbwegs aufgepäppelt und in einem Frachter über den Atlantik nach Frankreich verschifft. Der Stress der Reise und die Angst vor der Ungewissheit machten ihn krank, sein Fell ging ihm aus, die Muskeln zuckten nervös. Natürlich war niemand bereit, ihn zu adoptieren. Als ich von ihm erfuhr, bin ich am gleichen Abend nach Metz gefahren, habe ihn aus der Todeszelle befreit.«

Hugo hört, dass über ihn gesprochen wird. Fast habe ich das Gefühl, er versteht, was Lukas erzählt.

»Er ist ein sehr sozialer Hund, hat Stolz und einen guten Charakter. Es wäre ein schrecklicher Verlust gewesen, ihn einfach totzuspritzen.«

Hugo leckt über Lukas' Hand, sieht ihm in die Augen, dann wendet er sich um, trottet zur Hofeinfahrt. Zwei Hunde lösen sich aus dem Rudel, folgen ihm. Die Dogge wedelt mit dem Schwanz, schaut zu Hugo auf, es ist ein dankbarer Blick.

»Sie kümmern sich um ihre Freundin«, sagt Lukas.

»Was ist mit der Dogge?«

»Kira ist alt, sie wird bald sterben.«

Ich nicke still. Von dem, was Lukas über die Hunde erzählt, verstehe ich nur wenig, aber ich sehe, dass er und die Tiere eine funktionierende Gemeinschaft bilden.

Inzwischen scheinen sich die Hunde an mich gewöhnt zu haben, einige sind wieder ins Haus verschwunden, andere kommen näher, beschnuppern mich. Lukas nennt mir ihre Namen, erzählt mir ihre Geschichten. Bis vor Kurzem war ich ein Fremder, mittlerweile bin ich ihr Freund.

»Sie spüren unsere Energiefelder«, erklärt Lukas: »So wissen sie, ob du glücklich, traurig oder ängstlich bist. Wenn du bereit bist, dich auf sie einzulassen, helfen sie dir, deine negativen Gefühle loszulassen und dein mentales Gleichgewicht zu finden.« Er sieht mich an: »Harmonie ist ihr höchstes Ziel, sie leben im Einklang mit ihrem Umfeld und den Gegebenheiten der Natur. Im Gegensatz zu uns Menschen interessieren sie sich nicht für Materialismus oder Status«, er lächelt: »Es sind wunderbare Wesen, spirituell weiter entwickelt als die menschliche Zivilisation.«

»Magst du noch ein Bier?«, fragt er mich.

»Gerne«, antworte ich.

Während er ins Haus geht, denke ich darüber nach, was er gesagt hat. Die Hunde streben nicht nach Sinn, Besitz oder Macht, ganz im Gegensatz zum Menschen. Wie heißt es in Goethes Faust: *Es irrt der Mensch, solang er strebt.* Wie wahr. Solange der Mensch nicht bereit ist, seine Endlichkeit zu akzeptieren, wird er niemals seinen Sinn finden.

Lukas ist zurück, drückt mir eine Flasche Bier in die Hand.

»Die Hunde mögen dich«, sagt er. Ich nicke.

»Was ist deine Geschichte?«, frage ich ihn.

»Ich bin Teil des Rudels«, schmunzelt er.

»Du lebst mit ihnen?«

»Schon lange.«

»Es gibt nichts, was du vermisst?«

»Nein. Ich vermisse die Menschen nicht, weder ihr Geltungsbedürfnis noch ihren Ehrgeiz.«

Es ist schwierig, hinter dem Bart und den vielen Haaren etwas in seinem Gesicht zu lesen.

»Und das Fabrikgebäude, das kleine Haus. Du lebst hier? Gemeinsam mit den Hunden?«

Er legt den Kopf in den Nacken, sieht zum Himmel hinauf.

»Hast du eine Zigarette?«

Ich krame in meinem Rucksack, bringe die angebrochene Packung Gauloises zum Vorschein, lege sie auf den Tisch.

»Bedien' dich.«

»Hast du Feuer?«

Ich reiche ihm mein Feuerzeug.

Er fischt eine Zigarette aus der Packung, zündet sie an, nimmt einen tiefen Zug.

»Ich rauche nicht allzu oft, umso mehr genieße ich es,

wenn ich die Gelegenheit dazu habe.«

Ich zünde mir ebenfalls eine Zigarette an.

»Du willst meine Geschichte hören?«

Ich nicke.

»Es ist eine lange Geschichte.«

»Ich habe Zeit.«

Er lacht.

»Also gut. Eigentlich erzähle ich sie nicht allzu oft. Aber weil die Hunde dich mögen, du ein Freund von Annafrieda bist, mache ich eine Ausnahme.«

Die Zigarette glimmt zwischen seinen Fingern, sein Blick kreist über den Hof.

»Alles fing mit meinem Großvater an. Er wuchs in einem kleinen Dorf in der Nähe von Arles in Frankreich auf. Seine Eltern, meine Urgroßeltern, waren Bauern, bewirtschafteten einen Olivenhain. Großvater war der Jüngste von fünf Brüdern. Er hatte einen Border Collie. Chica bedeutete ihm alles, sie wich niemals von seiner Seite. Wenn er im Olivenhain arbeitete, lag sie im Schatten, wartete, bis er Feierabend machte. Nachts schlief sie bei ihm im Bett, morgens frühstückte er mit ihr. Sie war glücklich, wenn er es war, traurig, wenn es ihm nicht gut ging. Chica war der Seelenhund meines Großvaters «

Lukas zieht an der Zigarette, überlegt die nächsten Worte.

»Der Zweite Weltkrieg brach aus und irgendwann besetzten die Deutschen auch den Süden Frankreichs. Auf der Suche nach Zwangsarbeitern durchkämmten sie die Bauernhöfe. Großvaters Brüder versteckten sich, mein Großvater aber wurde entdeckt und nach Deutschland verschleppt. Man brachte ihn nach Berlin, steckte ihn in eine Fabrik, wo er Panzergranaten zusammenschrauben musste. Er hatte Angst, wusste nicht, ob er seine Familie und seinen Hund jemals wiedersehen würde.

Eine junge Deutsche, die ebenfalls in der Fabrik arbeitete,

tröstete ihn. Er erzählte ihr von Chica. Die beiden kamen sich näher und noch bevor der Krieg zu Ende war, heirateten sie heimlich.

Nach Kriegsende nahm Großvater Kontakt zu seiner Familie auf. Chica war nicht mehr am Leben. Seit dem Tag, an dem die Soldaten Großvater verschleppt hatten, lag sie nur noch auf der Terrasse, starrte zu der Landstraße, über die er fortgebracht worden war. Sie weigerte sich, zu essen, starb an gebrochenem Herzen. Großmutter erzählte mir, dass Großvater, als er die Nachricht erhielt, wochenlang nicht ansprechbar war und trauerte.«

Lukas drückt die Zigarette aus, nimmt einen Schluck aus der Bierflasche.

»Großvater entschied sich, in Berlin zu bleiben. Nachdem er genug Geld gespart hatte, gründete er eine Ölmühle. Die Geschäfte liefen gut, meine Großeltern zogen in die neu gegründete Straße der Manufakturen.«

Lukas sieht mich an.

»Du bist mit Happy und Luna die Straße der Manufakturen entlanggekommen. Zu Zeiten des Wirtschaftswunders griff die Stadt kleineren Betrieben unter die Arme, die bereit waren, sich hier im Viertel niederzulassen.«

Er deutet auf die Fassade:»Großvater, der Chica nicht vergessen konnte, widmete ihr das Relief.«

Lukas sieht zu dem Kunstwerk hinauf, schüttelt versonnen den Kopf.

»Obwohl Großvaters Seelenhund bereits lange tot war, war sie allgegenwärtig. Großvater erzählte fortwährend Anekdoten, selbst als Großmutter den dritten Hund nach Hause brachte, sprach er noch immer von Chica.«

Happy und Luna sitzen zu Lukas Füßen, spüren die Schwermut seiner Erzählung.

»Zwischen Großvater und seinem Hund bestand eine mystische Verbindung«, Lukas Augen füllen sich mit Tränen, er wendet das Gesicht ab. Die Geschichte berührt mich, ich erahne, wie tief der Bund mit den Tieren seine Familie geprägt hat. Unvermutet springt er auf: »Lass' uns die Hunde füttern.« Happy und Luna tanzen um ihn herum, kläffen. Der Lärm lockt die Hunde auf die Balkone. Sie stürmen die Wendeltreppe herunter, springen wie kleine Kinder umeinander.

»Ich liebe diesen Moment«, lacht Lukas.

Er verschwindet hinter einer Kellertür, um kurz darauf mit Dutzenden von Schüsseln und einer prall gefüllten Papiertüte wieder herauszukommen.

»Hilfst du mir?«

Die Euphorie der Tiere hat mich angesteckt. Ich verteile das Futter über die Schüsseln, sofort stürzen sich die Hunde darauf, schmatzen gierig über den klappernden Schalen.

»Ein schönes Bild, nicht wahr?«, sagt Lukas, seine Augen strahlen wie die seiner Hunde. Eine tiefe Zufriedenheit hat mich erfasst, es ist ein erhabenes Gefühl, sich um die Tiere kümmern zu dürfen.

Lukas deutet auf die Zigarettenschachtel: »Darf ich mir noch eine nehmen?«

»Wenn du deine Geschichte weitererzählst.«

Er lacht: »Meine Geschichte scheint dich tatsächlich zu interessieren?«

»Natürlich interessiert sie mich«, sage ich.

»Die meisten Menschen machen einen großen Bogen um einen Sonderling, der mit einem Rudel Hunde in einer verlassenen Manufaktur lebt.«

»Ich nicht«, antworte ich.

Lukas schmunzelt.

»Also gut. Du wirst schon wissen, warum dich meine Geschichte interessiert«, sagt er, zündet sich eine Zigarette an. »Die Ölmühle meines Großvaters entwickelte sich prächtig, das ganze Viertel entwickelte sich prächtig, die Straße der Manufakturen war in ganz Berlin bekannt. Meine Großeltern schufteten in ihrer kleinen Fabrik, bekamen einen Sohn. Da ihnen die Arbeit wenig Zeit ließ und mein Vater Einzelkind blieb, waren die Hunde seine Spielkameraden und Geschwister zugleich.

Als er alt genug war, übertrug Großvater ihm die Leitung der Manufaktur. Nur kurze Zeit später entschied mein Großvater, nach Frankreich zu gehen. Der Bauernhof der Familie sollte verkauft werden. Großvaters Brüder hatte es in die großen Städte verschlagen, sie lebten in Paris, Marseille, Bordeaux und Lyon. Er weigerte sich allerdings, den Hof in fremde Hände zu geben, also sammelte er Großmutter und die Hunde ein und machte sich auf den Weg.«

»Mit einem Mal war mein Vater allein. Er hatte nicht nur seine Eltern verloren, sondern ebenso seine Geschwister.«

Auf dem Balkon bellt ein Terrier. Die Hunde springen auf, eilen zum Hofdurchgang. Kurz darauf rollt ein Lastenrad durch die Einfahrt, zwei Welpen recken ihre winzigen Köpfe über den Rand der Box.

»Emma bringt die Griechen vorbei«, sagt Lukas.

Eine junge Frau steigt vom Rad, ihre Haare sind zu Rastazöpfen geflochten, helle Augen dominieren das ovale Gesicht.

»Ich bin Emma«, begrüßt sie mich und setzt Lukas und mir jeweils ein Welpe auf den Schoß. Ich bin noch damit beschäftigt die richtige Position für den Welpen zu finden, da ist Emma schon wieder zurück, trägt einen Stuhl und drei Flaschen Bier.

»Ich wusste, dass du Besuch bekommst«, sagt sie zu Lukas.

»Annafrieda?«, fragt Lukas.

»Sie rief mich an, erzählte mir, dass sie am Alex einen netten Typen kennengelernt hat, mit dem sie Zombiegras geraucht und Shandor besucht hat.«

»Du kennst Annafrieda?«, frage ich überrascht.

Emma lacht: »Sie ist meine kleine Schwester.«

»Zombiegras?«, grinst Lukas: »Dann hattest du ja bereits ein bisschen Spaß?«

»Die beiden haben am Alex über den Sinn des Lebens philosophiert«, verrät Emma.

»So, so, über den Sinn des Lebens«, amüsiert sich Lukas.

Wir lachen. Die Welpen erschrecken, lassen ihre dünnen Stimmen hören. Einige Streicheleinheiten beruhigen sie wieder.

Lukas Miene wird ernst: »Wie geht es ihnen?«, fragt er.

»Ich komme gerade vom Tierarzt«, antwortet Emma.

Lukas verzieht angewidert das Gesicht: »Genau deswegen fühle ich mich den Hunden näher als meiner eigenen Spezies.«

Ich schaue ihn fragend an, Emmas Miene hat sich verfinstert.

»Michelle, meine ältere Schwester, war mit ihrem Freund in Griechenland«, erzählt Emma: »Auf einer Landstraße bewegte sich etwas im Gebüsch. Als die beiden genauer hinsahen, lagen dort zwei Welpen, kuschelten sich verzweifelt aneinander. In der prallen Sonne waren sie dem Tod geweiht. Jemand hatte die Kleinen einfach aus dem Auto geworfen.«

Tränen laufen Emma über das Gesicht: »Wäre meine Schwester etwas später vorbeigekommen, wäre es mit den Hunden vorbei gewesen.«

Ich sehe die Schmerzen in Lukas' Blick. Mit einem Mal verstehe ich, dass seine Verbindung zu den Hunden eine Dimension besitzt, die ich mir nicht im Entferntesten vorzustellen vermag.

Emma geht ins Haus, kommt mit einem Korb zurück.

»Der Welpenkorb«, sagt Lukas: »Eine gute Idee.«

Emma nimmt uns die Hundebabys vom Schoß, legt sie in den Korb.

»Wobei habe ich euch eigentlich unterbrochen?«

Lukas gibt mir mit einem Blick zu verstehen, dass er mir die Antwort überlässt.

»Wir sprachen über Lukas' Familie.«

Ein Schatten legt sich über Emmas Gesicht. »Über seinen Vater?«, fragt sie.

Der plötzliche Stimmungswandel lässt mich ein wenig unsicher werden.

»So weit sind wir noch nicht gekommen«, hilft mir Lukas aus der Verlegenheit.

»Vielleicht solltest du besser mit deiner Mutter anfangen«, sagt Emma.

»Weil es einfacher ist?«, fragt Lukas.

»Weil es einiges erklärt, was danach passierte«, antwortet Emma.

Die beiden tauschen einen vielsagenden Blick.

»Also gut«, sagt Lukas: »Viel weiß ich allerdings nicht über sie. Mein Vater war nur eine Nacht mit ihr zusammen. Er war bei einer Jubiläumsfeier einer der Manufakturen eingeladen, meine Mutter arbeitete an diesem Abend dort als Bedienung. Neun Monate später lag ein Baby in eine Decke eingehüllt vor der Ölmühle. In einem Brief, der beigelegt war, erklärte meine Mutter, sie habe anfangs nicht bemerkt, dass sie schwanger war. Sie beschloss, das Kind zu bekommen, wusste aber bereits, dass sie es nicht großziehen würde. Der Brief schloss mit der Bitte, mein Vater möge nicht nach ihr suchen, sie wolle sich ein neues Leben aufbauen. Irgendwann verriet mir mein Vater, dass meine Mutter sehr jung war, zu unerfahren für ein Kind.«

Lukas sieht zu Emma, versucht zu lächeln, es misslingt.

»Ich habe meine Mutter nie kennengelernt«, sagt Lukas.

Gedankenverloren streichelt er Luna über den Kopf.

»Es gab also nur noch meinen Vater, mich und den Beginn einer sehr komplizierten Geschichte.«

Lukas überlegt seine nächsten Worte.

»Mein Vater hat es nicht leicht gehabt«, sagt er nach einer Weile.

»Er hat es sich so ausgesucht«, ergänzt Emma, ihr Tonfall ist bitter.

»Ich sage nicht, dass er es sich nicht ausgesucht hat, ich sage nur, er hatte es nicht leicht.«

Es fällt Emma schwer, sich zurückzuhalten.

»Als ich geboren wurde, ging es den Manufakturen nicht gut. Die Rationalisierungen in den Betrieben waren in vollem Gange, alles musste billiger und schneller produziert werden. Leider verfügte mein Vater nicht über den Geschäftssinn meines Großvaters, die Situation wuchs ihm über den Kopf.«

»Weil er sich zu sehr für den Alkohol interessierte«, sagt Emma.

»Es ist schwer, darüber zu urteilen. Wir wissen nicht, was ihm zuerst zusetzte, der Alkohol oder die Sorgen?«, antwortet Lukas.

»Auf jeden Fall stand fest, dass die goldenen Zeiten der Manufakturen zu Ende waren«, fährt Lukas fort: »Alle waren gezwungen, sich neue Arbeit zu suchen. Viele unterschrieben bei den Fabriken im Umland, die wie Pilze aus dem Boden schossen. In der Straße der Manufakturen stellte ein Betrieb nach dem anderen die Arbeit ein.

Ich war zu dieser Zeit etwa siebzehn Jahre alt, wuchs bei einer Nenntante im Berliner Norden auf. Meine Großeltern waren kurz hintereinander in Frankreich gestorben.

Meinen Vater sah ich nur selten, zu Weihnachten und Ostern, oder wenn ich ihn überraschend besuchte und ihn zuhause antraf. Er hatte sich einige Hunde zugelegt, weil er hoffte, damit sein trostloses Leben ein wenig erträglicher zu machen. Aber es funktionierte nicht, die Hunde verwahrlosten, starben an Kummer, weil die Schwermut, die in der Ölmühle Einzug gehalten hatte, für die sensiblen Tiere nicht zu ertragen war.

Obwohl die Manufaktur keine Chance hatte zu überleben, weigerte sich mein Vater, den Betrieb aufzugeben. Er lebte in der Vergangenheit, verband mit der Firma die fröhlichen Erinnerungen an seine Kindheit.

Irgendwann ertrug ich es nicht mehr, ihn leiden zu sehen, wollte nicht tatenlos zusehen, wie ihm alles aus der Hand glitt, also zog ich bei ihm ein.«

Lukas' Blick geht durch mich hindurch, Hugos Schnauze liegt auf seiner Hand.

»Warum ist man immer erst hinterher klüger? Es wäre besser gewesen, nicht bei ihm einzuziehen.«

Emma hat Tränen in den Augen.

»Er wollte mich nicht bei sich haben, drängte darauf, dass ich wieder auszog, beschimpfte und beleidigte mich. Ich wusste nicht, ob sein schlechtes Gewissen schuld an seinem Verhalten war, er hatte sich jahrelang nicht um mich gekümmert. Vielleicht wollte er aber auch einfach nur alleine sein, um sich den Erinnerungen an die alten Tage hinzugeben.

Als er einsah, dass er mich nicht aus dem Haus vertreiben konnte, begann er mich zu ignorieren, sprach kein Wort mehr mit mir. Überall fand ich Flaschen mit billigem Schnaps. Oftmals blieb er tagsüber im Bett liegen, weil der Alkohol ihm nicht erlaubte, aufzustehen.

Ich rief einen Arzt, er kam mehrere Tage hintereinander,

verbot meinem Vater Alkohol zu trinken und verabreichte ihm Stimmungsaufheller. Er erklärte mir, dass es höchste Zeit sei, ihn in eine Entzugsklinik einzuweisen. Ich weigerte mich, wollte ihm auf meine Weise helfen, das war ich ihm als Sohn schuldig.«

Lukas senkt den Blick, seine Hände zittern, er ist kreidebleich.

»Es war November, die Bäume im Hof verloren die Blätter. Ich kann mich noch erinnern, wie die Hunde das rotbraune Laub mit ihren Schnauzen durch die Luft wirbelten. Vater war zwei Tage nicht aufgestanden. Ich traf die Entscheidung, ihn am nächsten Tag in eine Klinik zu bringen. Als er gegen Abend einigermaßen nüchtern war, teilte ich ihm meinen Entschluss mit.«

Lukas Finger spielen mit dem Feuerzeug.

»Ich sehe noch genau sein Gesicht vor mir, den entgeisterten Blick, mit dem er mich ansah. Doch dann nickte er. Ich glaubte, um seine Mundwinkel sogar ein Lächeln gesehen zu haben, ich war erleichtert, dass er mich nicht anschrie, nicht dafür verurteilte, was ich mit ihm vorhatte.

Beruhigt schlief ich am Abend ein. Kurz vor Morgengrauen spürte ich etwas Feuchtes auf meiner Hand. Es war Lucy, einer der Hunde. Schlaftrunken folgte ich ihr in den Flur. Durch die offene Tür sah ich ins Wohnzimmer. Das fahle Licht der Laterne vor der Manufaktur tauchte die Umrisse der Hunde in graue Silhouetten, sie saßen auf dem Teppich, die Augen zur Decke gerichtet.

Ich betrat den Raum. Ein Stuhl lag umgekippt am Boden, Beine baumelten in der Luft. Als ich nach oben sah, hatte ich Gewissheit.«

Emma ist aufgestanden, legt Lukas den Arm um die Schulter. Sie küsst ihn auf die Stirn, Lukas wischt sich die Tränen aus den Augen.

Ein dünnes Lächeln huscht über sein Gesicht.

»Du wolltest meine Geschichte hören. Das ist sie, zumindest der traurige Teil. Seit dieser Nacht sind fünfzehn Jahre vergangen.«

Er deutet zu den Hunden: »Aber für alles, was seitdem passierte, bin ich sehr dankbar.«

Emma nimmt ihn in den Arm. Er nippt an seinem Bier, sieht hinauf zu dem Relief.

»Nachdem Vater tot war, hatte ich keinen Plan, wie es weitergehen sollte. Von einem auf den anderen Tag musste ich mich um die Manufaktur kümmern, hatte von der Produktion von Speiseölen keine Ahnung, wusste nicht, wie man es verkaufte. In der Straße waren wir einer der letzten Betriebe, der noch nicht dicht gemacht hatte. Die alten Fabrikgebäude waren nichts mehr wert, ihr einziger Zweck war auf kleine Manufakturen ausgerichtet. Außerdem waren da auch noch die Hunde, ich wollte sie auf keinen Fall in fremde Hände geben.«

Lukas schüttelt den Kopf.

»Ich musste mit der Bank sprechen, es gab keine andere Möglichkeit. Also machte ich einen Termin, bereitete mich darauf vor, dass die Manufaktur zwangsversteigert werden würde. Als ich mit weichen Knien und flauem Gefühl im Magen bei der Sparkasse vorsprach, erlebte ich eine Überraschung.

Die Hypothek auf das Gebäude war bis zum letzten Cent abgezahlt. Zudem hatte Großvater ein Wertpapierdepot hinterlassen, von dessen Dividende man leben konnte, sofern man keine allzu großen Ansprüche stellte.«

Lukas Blick wandert die Fassade hinauf, lange betrachtet er das Relief.

»Großvater hatte alles Finanzielle geregelt, darüber musste ich mir keine Sorgen mehr machen. Was allerdings mein Leben betraf, war ich von nun an auf mich alleine gestellt. Ich hatte bis dahin niemals einen Gedanken an meine Zukunft verschwendet.

Ich nahm mir vor, nichts zu überstürzen, beschloss, mein Leben erst einmal langsam anzugehen. Das inzwischen entvölkerte Viertel verließ ich nur zum Einkaufen, und das auch nur selten.

Ich fühlte mich nicht einsam, im Gegenteil, war zufriedener und ausgeglichener als jemals zuvor. Ich war Teil eines Rudels. Wenn ich traurig war, trösteten mich die Hunde, wenn ich glücklich war, spielten wir zusammen, wenn ich hungrig oder durstig war, aßen und tranken wir. Ein Leben im Gleichgewicht, in der Balance mit meinen Gefühlen.«

Hugo, Luna und Happy spüren, dass Lukas über sie spricht, sie liegen zu seinen Füssen, schauen ihn mit großen Augen an.

»Wie habt' ihr beiden euch eigentlich kennengelernt?«, frage ich.

Sie schauen sich an: »Erzähl du«, sagt Lukas.

Emma schmunzelt.

»Während meiner Ausbildung fuhr ich jeden Tag mit dem Fahrrad durch das Viertel. Mir fiel auf, dass vor einem der Gebäude immer irgendwelche Hunde herumlungerten. Da niemand mehr hier wohnte, fragte ich mich, wieso sich die Tiere hier herumtrieben, ob sie vielleicht Hilfe benötigen. Irgendwann beschloss ich nachzusehen, stellte das Rad ab und durchquerte auf Zehenspitzen die Durchfahrt. Ich spürte, dass etwas auf mich wartete. Auf der anderen Seite glaubte ich, meinen Augen nicht zu trauen. Überall streunten Hunde herum, liefen kreuz und quer, spielten, tranken aus dem Brunnen oder lagen einfach nur träge in der Sonne. Einige kamen näher, beschnupperten mich. Zwischen den Tieren saß eine seltsame Gestalt auf der Wiese. Als ich genauer hinsah, sah ich, dass es ein Mensch war. Ich rief ihm etwas zu, er hob den

Kopf, starrte mich mit großen Augen ängstlich an.«

»Ich hatte mich vollkommen auf die Hunde eingelassen, spielte, aß und trank mit ihnen, nachts schlief ich bei ihnen.«

»Ich war seit Monaten der erste Mensch, der mit Lukas redete, aber ich drang nicht zu ihm durch«, fährt Emma fort: »Ich beschloss wiederzukommen. Die ersten Wochen schaute ich alle zwei, drei Tage vorbei, die Hunde gewöhnten sich an mich, fassten Vertrauen. Als Lukas sah, dass mich das Rudel akzeptierte, begann er sich langsam zu öffnen. Anfangs sprachen wir nur ein paar Worte miteinander, doch schon bald führten wir lange, tiefgründige Gespräche. Ich bemerkte, dass in diesem Hundemenschen eine sensible Seele steckte. Die Hunde spürten, dass ich ihm guttat. Je öfter ich vorbeischaute, umso freundlicher hießen sie mich willkommen.«

Emma sieht zu Lukas, lächelt.

»Lukas lebte inmitten des Rudels, kommunizierte mit den Hunden, es war unglaublich, diese Verbindung von Mensch und Hund mitzuerleben.«

»Es ist möglich, sich mit ihnen zu verständigen?«, frage ich.

»Ich kann mir vorstellen, dass sich das seltsam für dich anhört«, springt Lukas Emma zur Seite: »Aber es ist wahr, ich bin Teil des Rudels, wir tauschen uns miteinander aus, sie spüren meine Stimmungen, wissen in jedem Moment, was in mir vorgeht. Ich behaupte sogar, dass sie dem Menschen emotional überlegen sind.«

Die Hunde um den Tisch sind zahlreicher geworden, ihre Blicke sind auf mich gerichtet. Ein bisschen habe ich das Gefühl, sie lesen in meiner Mimik, ob ich verstehe, was Lukas mir gerade erklärt.

»Anfangs war ich skeptisch, inzwischen bin ich davon überzeugt, dass er recht hat«, sagt Emma.

Ich nicke, bin sprachlos, muss diese Geschichte erst einmal verdauen. Mein Bauchgefühl sagt mir, dass Lukas die Wahrheit sagt, doch mein Verstand ist an diesem Punkt noch nicht angelangt.

Eine Hundeschnauze streift meine Hand. Es ist Hugo.

»Siehst du, Hugo will dir helfen, die Wahrheit zu erkennen«, sagt Lukas.

Der Hund hat wunderschöne Augen. Mit einem Mal ist eine Stimme in meinem Kopf, beschwört mich, meinem Bauchgefühl zu vertrauen. Es ist, als lese ich Hugos Gedanken. Es dauert eine Weile, bis ich wieder zu mir komme.

»Du hast dich also entschieden, mit den Hunden zu leben?«, frage ich. Lukas nickt: »Das Leben mit ihnen macht mich glücklich und zufrieden, mehr erwarte ich nicht.« Er überlegt: »Aber ist das denn nicht auch genug?«

»Ich weiß nicht, wie groß das Rudel ist, aber je mehr wir sind, desto besser«, sagt er.

Er deutet zum Welpenkorb: »Neue kommen hinzu.« Sein Blick wandert zu den beiden Eichen an der Mauer. Erst jetzt sehe ich die Holzkreuze, die um die Stämme in der Erde stecken: »Andere verlassen uns.«

»So bleibt alles im Gleichgewicht«, flüstert er.

Betroffen betrachte ich die Kreuze. Lukas muss schon oft um einen Gefährten getrauert haben.

»Hast du gewusst, dass sie träumen?«, fragt er.

Ich schüttele den Kopf: »Träumen? So wie wir Menschen?«

»Ja, genauso wie wir Menschen. Sie verarbeiten ihre Emotionen. Wie wir verfügen sie über ein Bewusstsein«, er lächelt. Es ist ein sanftes Lächeln: »Manchmal überrascht es sogar mich, wie ähnlich sie uns sind.«

Ich bewundere Lukas. Er hat eine Aufgabe, ist Teil einer Gemeinschaft, diese Gewissheit schenkt ihm Zuversicht.

Inzwischen hat die Dämmerung eingesetzt, Schatten legt

sich über den Hof. Emma holt eine Kerze aus dem Haus, zündet sie an. Wir sitzen friedlich zusammen, die Hunde liegen zu unseren Füßen.

»Wenn du möchtest, bist du herzlich eingeladen, hier zu übernachten«, sagt Lukas.

»Das ist ein freundliches Angebot«, antworte ich. »Aber ich möchte weiterziehen, in die Lichter der Nacht eintauchen.« Emma nickt: »Um diese Jahreszeit sind sie besonders bunt.« Hugo, Luna und Happy sitzen um den Tisch. Happy legt seine Schnauze in meine Hand. Er spürt den nahenden Abschied, mit seinen Pudelaugen sieht er mich traurig an.

»Ich denke, es wird Zeit, aufzubrechen«, mache ich es kurz: »Vielen Dank für alles.«

Ich umarme Emma und Lukas. Emma erklärt mir den Weg durch das Viertel hinunter zur Spree. Vor dem Durchgang drehe ich mich noch einmal um, winke den beiden zu. Happy und Luna begleiten mich auf die Straße. Happy bellt zum Abschied. Sie bleiben vor der Einfahrt sitzen, schauen mir hinterher. Irgendwann sind sie so winzig, dass ich sie nicht mehr sehen kann.

Das Viertel ist ausgestorben, nur die uralten Gaslaternen leuchten, verbreiten einen Hauch von Lebendigkeit. Ein seltsames Gefühl, so unvermittelt wieder alleine zu sein. Meine Gedanken sind bei Lukas. Seine Gelassenheit und Ausgeglichenheit beeindrucken mich, seine Art zu leben ist eigenwillig, gleichzeitig aber faszinierend. Fast bin ich ein wenig neidisch.

Lukas' Großvater hat mit seiner Leidenschaft für die Hunde den Grundstein gelegt, sein Enkel wuchs mit den Tieren auf, wurde in ihrer Gemeinschaft sozialisiert. Nach dem Tod des Vaters waren es die Hunde, die sich Lukas' Seelenwelt annahmen. Ob ihm Menschen den gleichen Rückhalt entgegengebracht hätten, wage ich zu bezweifeln.

Trotz seines komplizierten Lebens wirkt Lukas auf mich wie jemand, der genau weiß, was er will. Viele seiner Entscheidungen trifft er aus dem Bauch heraus, diesen Instinkt hat er von seinen vierbeinigen Gefährten übernommen. Obwohl dieses intuitive Bewusstsein ebenso in meinen Genen verankert ist, habe ich, wie die meisten meiner Spezies, verlernt, es zu nutzen.

Mit einem Mal muss ich an Gott denken. Der unerwartete Gedankensprung überrascht mich.

Was haben Lukas und sein Rudel mit Gott gemein? Außer vielleicht, sofern man an Gott glaubt, dass wir alle seine Geschöpfe sind.

Aber es ist nicht dieser Gedanke, der meine Assoziation weckt. Es dauert einen Moment, doch dann glaube ich, den Ursprung des Gedankens zu verstehen. Vor meinem inneren Auge formen sich Bilder meiner Kindheit. Ich sehe meine fromme Großmutter, sehe mich im Kommunionunterricht sitzen, lausche den Geschichten aus der Bibel, erinnere mich an die vielen fremdklingenden Namen. Heute habe ich diese Namen zum größten Teil vergessen, nicht aber die Erzählungen. Ich behielt sie im Kopf, auch weil sich am Ende meistens alles zum Guten gewendet hat, obwohl den Menschen in den Geschichten oftmals unglaubliches Leid widerfuhr.

Religionsunterricht, heilige Messen, Gläubige, die eng mit der Kirche verbunden waren. Es war eine prägende Zeit meiner Kindheit, in der ich mich mit der Kirche und Gott auseinandersetzte.

Damals empfand ich all diese Rituale, Theorien und Ideen, die ich zu respektieren hatte, als ein zu enges Korsett, das mir keinen Freiraum ließ, eine eigene Perspektive auf das Leben zu entwickeln.

Vieles hat mich an Gott und der Kirche fasziniert, fasziniert mich bis heute. Der innere Frieden, die Ausgeglichenheit, die Mitverantwortung Gottes für unser Dasein. Die Kraft, an das Gute im Menschen zu glauben, die Demut vor dem Leben, der Natur, der Liebe, der Gemeinschaft und der Respekt vor den Schwachen.

Vielleicht braucht es in einer Welt, die immer rastloser wird, in der Effizienz und Liberalismus das Kommando übernehmen, in der die Vernunft die Seele dominiert, ein wenig mehr Ruhe und Gelassenheit.

Lukas und sein Rudel besitzen diese Fähigkeit.

Die Spree muss ganz in der Nähe sein, ich kann das Wasser riechen. Meine Schritte werden kürzer, ich genieße die letzten Augenblicke des Alleinseins. Noch sind es nur einige Laternen, die mich durch das Dunkel leiten, bevor mich jeden Moment der Trubel und das Lichtermeer der Großstadt begrüßen.

Ich mag die Nacht. Sie ist mystisch, angsteinflößend, aber faszinierend zugleich, Vampire und Werwölfe treiben ihr Unwesen in ihr. Einst stand Dunkelheit für Stillstand, bis künstliches Licht die Finsternis verdrängte und sich die Furcht vor der Nacht verlor.

Die Magie der Nacht aber ist ungebrochen. Sie zieht jene an, die sich in ihr geborgen fühlen, hat ihre eigenen Gesetze, ihre eigene Mode und Vorlieben. In der Dunkelheit wohnen das Abenteuer, die Gefahr und die Möglichkeiten, Fremde suchen Fremde, teilen anonyme Momente, gestehen sich Sorgen und Ängste, bis der heraufziehende Tag sie wieder auseinandertreibt.

Ich erinnere mich an ein Bonmot von Eugène Guillevic, ein französischer Schriftsteller:

»Il fait nuit?
Ça dépend.
Ça dépend de quoi?
De nous.«

Der Lärm der nahen Schnellstraße reißt mich aus meinen Gedanken, ein letztes Mal wende ich mich um.

Sanft beleuchten die Gaslaternen die Fassaden der Straße der Manufakturen. Ein seltsamer Nebelschleier ist aufgezogen. Es scheint, als fordere das Quartier seine Ruhe ein, um sich den Erinnerungen an die goldenen Zeiten hinzugeben.

Schweren Herzens setze ich meinen Weg fort. An der Schnellstraße nehmen mich Lärm und Hast der Großstadt in Empfang. Autos jagen über den Asphalt, hupen, Scheinwerfer blenden mich, Zeit ist eine knappe Ressource.

Am Zebrastreifen wechsle ich die Straßenseite, will so schnell wie möglich diesem unsäglichen Lärm entkommen, will hinunter zum Ufer der Spree. Ein ausgetretener Pfad führt mich über ein Wiesenstück zum Fluss hinunter, im Flussbett verlieren sich die Geräusche der Straße.

Ein asphaltierter Weg führt am Ufer entlang, ein Schild nennt zwei Ziele. Ich orientiere mich in Richtung Treptower Park. Gemächlich spaziere ich den Fluss entlang, die Lichter eines Heizkraftwerks spiegeln sich im Wasser. Der gleichmäßige Rhythmus meiner Schritte versetzt mich in eine Art Trance, ab und zu kommt mir ein Radfahrer entgegen, rollt grußlos vorbei.

Mein Kopf ist voller willkürlicher Gedanken. Die Bilder überdauern nur einen Augenblick, um gleich darauf neuen Gedankenblitzen Platz zu machen. Das Zombiegras wirkt noch immer.

Ich komme an einer Parkbank vorbei, zwei Teenager sitzen unter einer Laterne. Im ersten Moment glaube ich, Annafrieda zu erkennen, doch sie ist es nicht. Mit vornübergebeugtem Oberkörper machen sie sich über einen Döner her. Das Fleisch im Fladenbrot duftet würzig, Knoblauchsoße tropft auf den Boden.

Ich gehe an den Teenagern vorbei, weiter die Spree entlang.

Mit meiner inneren Ruhe ist es allerdings vorbei, das Bild des Döners geht mir nicht mehr aus dem Kopf. Je mehr ich versuche, es zu verdrängen, umso größer wird mein Appetit. Mit jedem Gedanken wird das Fleisch würziger, das Brot knuspriger.

Ich bin unfähig, einen klaren Gedanken zu fassen, habe das Gefühl, seit Tagen nichts gegessen zu haben.

In der Entfernung spannt sich eine Brücke über die Spree.

Ich verfalle in einen Laufschritt, überquere hastig die Brücke, eine Ortstafel lässt mich wissen, dass ich in Kreuzberg bin.

Links und rechts der Straße reihen sich Läden und Imbissbuden aneinander.

Ich bin nicht mehr ich selbst, bin ein hungriger Wolf, der über die Pflastersteine hetzt. Für den Trubel und die Ausgelassenheit der Umgebung habe ich keinen Blick.

Endlich finde ich, wonach ich suche.

Einen Dönergrill.

Ausgehungert hetze ich die Treppenstufen hinauf, stürme in den Laden und starre auf die Speisetafel. Ich konzentriere mich auf die Bilder, die Schrift verschwimmt vor meinen Augen.

Hemmungslos diktiere ich der Bedienung meine Bestellung: Köfte, Döner, Börek, Brot, zusätzlich eine große Portion Pommes mit Mayo und Ketchup.

Argwöhnisch vergewissere ich mich, dass die Bestellung vollständig aufgenommen wurde, erst dann nehme ich an einem der Hochtische vor dem Fenster Platz. Auf der Straße stehen die Menschen in Trauben beisammen, feiern, trinken Bier.

Endlich kommt das Essen. Die Bedienung hat Mühe, alles auf dem Tisch unterzubringen, er stapelt Pommes und Brot übereinander.

Ich warte nicht, bis er fertig aufgetragen hat, reiße das Börek in Stücke, vergesse meine Tischmanieren, stopfe alles blindlings in mich hinein. Die letzte Pommes spüle ich mit einem großen Schluck Cola hinunter.

Pappsatt lehne ich mich zurück, mein Magen ist schwer wie Blei, ich bin unfähig, mich zu bewegen.

Nach einer Weile kommt die Bedienung an den Tisch und räumt ab. Vorsichtig mustert er mich, ein Schmunzeln legt sich um seine Lippen: »Neben Döner gib's *Späti* ... hast du Jägermeister.«

Ein träges Nicken ist die einzige Reaktion, zu der ich fähig bin. Es dauert eine Weile, bis es mir gelingt, mich aufzuraffen. Ich gebe ein ordentliches Trinkgeld und verlasse den Imbiss.

Tatsächlich ist der *Späti* gleich nebenan. Ich reihe mich in der Schlange ein. Als ich an der Reihe bin, ordere ich eine kleine Flasche Jägermeister und zwei Schachteln blaue Gauloises mit Filter.

Draußen vor dem Kiosk kippe ich den Kräuterlikör in einem Zug runter. Aus den Augenwinkeln sehe ich, wie mich jemand beobachtet. Ich schiele hinüber.

Er trägt eine Filzmütze mit Ohrenklappen und eine Sonnenbrille. Auf seinem T-Shirt, das mit kleinen, blauen Punkten bedruckt ist, steht quer über der Brust: Dataist. Als er bemerkt, dass ich zu ihm hinsehe, winkt er mich herüber.

Ich überlege, ob ich Lust auf ein Gespräch mit diesem schrägen Vogel habe. Meine Neugier siegt.

»Du riechst mächtig nach Döner, Meister«, sagt er. »Und nach Jägermeister.«

Ein bisschen irritiert deute ich mit dem Daumen über die Schulter, will zu einer Erklärung ansetzen. »Ist schon gut, Alter, kein Problem. Stört mich genauso wenig, wie es dich zu stören scheint.«

Ich will irgendetwas Schlagfertiges erwidern, doch, wie immer in diesen Momenten, fällt mir nichts Passendes ein.

»Haste du 'ne Kippe?«, fragt er.

Ich nicke, ziehe eine Schachtel Gauloises aus der Jackentasche, halte sie ihm hin.

Er nimmt sich eine Zigarette heraus, ich tue das Gleiche.

»Feuer?«, fragt er.

Ich halte ihm die Flamme meines Feuerzeugs hin, danach zünde ich meine Zigarette an. Wir rauchen schweigend, starren auf die Straße.

Ich deute auf sein T-Shirt, die Ohrenklappenmütze und die Sonnenbrille machen es schwer, ihn einzuschätzen.

Er streicht mit der Handfläche über seine Brust.

»Ich bin Dataist«, sagt er.

Ich schüttele den Kopf.

»Hast de noch nie was von gehört, oder?«, fragt er.

Er sieht zur Straße, nickt, lässt den Rauch aus den Lungen entweichen.

»Willst de wissen, was das ist?«.

Ich nicke.

»Ich erklär's dir, wenn du mir ein Bier spendierst.«

Ich muss schmunzeln.

»Deine Entscheidung, Alter.«

Der Vogel fängt an, mir Spaß zu machen, vor allem aber bin ich neugierig, was er zu erzählen hat.

»Okay«, sage ich, krame fünf Euro aus der Tasche, halte ihm die Note hin: »Besorg' uns zwei Bier im Kiosk.«

Er schnappt nach dem Schein, ich ziehe meine Hand zurück: »Aber komm' wieder.«

»Hey Alter, was denkst du von mir? Natürlich komm' ich wieder. Hab' dir schließlich was zu erzählen.«

Ich überlasse ihm die Note, er schwirrt zum Kiosk ab.

Ein komischer Typ, eine Mischung aus Nerd und Hippie, trotz Berlin hat er etwas Schräges.

Ein paar Minuten später ist er zurück, hält zwei Flaschen Bier und eine Mini-Salami in der Hand.

»Es war noch was übrig. Dachte mir, dass du nichts dagegen hast.«

Er reicht mir ein Bier, wir stoßen an.

Er reißt die Verpackung auf, verschlingt die Salami.

Ich schaue ihn mir genauer an. Sein Teint ist fahl, die Klamotten abgetragen, er wirkt gehetzt.

Ich halte ihm die Zigarettenschachtel hin, er fischt sich eine heraus, bedankt sich mit einem Nicken. Er zündet die Zigarette an, zieht lange daran, dann legt er den Kopf in den Nacken, bläst den Rauch zum Nachthimmel.

»Du hast also noch nie etwas vom Dataismus gehört?«, fragt er.

Ich schüttele den Kopf.

»Das ist echt krass, Alter«, er stößt einen Pfiff aus: »Dataismus ist die neue Religion, er wird die Welt verändern, was sage ich, das ganze Universum.« Er sieht mich an, die Sonnenbrille verdeckt seine Augen.

»Das Universum besteht aus Datenströmen, alles fließt, pausenlos. Du, ich, jedes Ding basiert auf Daten. Unser Wert bemisst sich nach der Menge an Daten, die wir dem großen Datenkreislauf zuliefern. Goethes *Faust*, Ravels *Bolero*, dein Konto auf der Bank, alles setzt sich aus Datenmustern zusammen, null und eins, immer das gleiche Schema.«

Er gestikuliert mit den Händen.

»Bis heute folgt die Menschheit der Idee, Informationen aus Daten zu gewinnen, diese Informationen in Wissen zu transformieren, um sich damit weiterzubilden. Mittlerweile jedoch stößt der Mensch an Grenzen, seine geistige Aufnahmefähigkeit ist einfach zu begrenzt, um die immensen Datenmengen noch zu verarbeiten. Wichtige Erkenntnisse gehen verloren. Es wird Zeit, die Datennutzung endlich elektronischen Algorithmen zu überlassen, ihre Fähigkeiten übertreffen unser Gehirn bei Weitem. Gegen sie sind wir nur rückständige biochemische Maschinen.«

Er deutet auf das Haus gegenüber.

»Dort drüben im Dachgeschoss wohne ich, zwei winzige Zimmer. Ein Bett zum Schlafen reicht vollkommen aus, mein Datenserver und die Kühlanlage brauchen den restlichen Platz. Ich musste mein Studium abbrechen, um Geld zu verdienen,

Server und Anlage müssen am Laufen gehalten werden.« Er kreischt: »Seit über drei Jahren sauge ich alle Daten aus dem Netz, die ich kriegen kann, *Information is Key*.«

Er lächelt geheimnisvoll.

»Die meisten Menschen glauben noch immer, dass der globale Wirtschaftskreislauf aus Landwirtschaft, Arbeitern und Dienstleistungen besteht. Malochen, produzieren, Geld ausgeben. Allerdings glaubte der Mensch früher auch, die Erde sei eine Scheibe.«

Er macht eine herablassende Geste.

»Heute sehen selbst die Wirtschaftswissenschaftler die Ökonomie als ein gigantisches Datenverarbeitungssystem, das ohne nennenswerten menschlichen Einfluss auskommt.«

Er breitet die Arme aus, hebt sie zum Himmel.

»Daten sind das einzige von Bedeutung, alles andere ist irrelevant.«

Er beobachtet mich, wartet auf eine Reaktion. Ich schweige, er fährt fort: »Nun fragst du dich wahrscheinlich, wenn die Welt tatsächlich eine gigantische Datenmine ist, was ist dann ihr Output?«

Seine Züge werden ernst: »Für uns Dataisten gibt es dafür nur eine Antwort: das *Internet der Dinge*. Ein galaktisches Datenverarbeitungssystem, das sich vom Planeten Erde über das gesamte Universum ausbreitet, ein neuer Gott, der überall zugegen ist, alles kontrolliert.«

Er sieht hinauf zum Himmel.

»Schau' dir die Verbreitung des Kapitalismus an, seit dem 18. Jahrhundert ist sein Siegeszug unaufhaltsam. Genau wie der Dataismus ist er eine radikale Theorie. Der Dataismus aber wird nicht nur die Welt erobern, er wird das ganze Universum erobern. Sobald das *Internet der Dinge* erst einmal erschaffen ist, ist der Mensch nur noch ein nutzloses Auslaufmodell.«

Er saugt an seiner Bierflasche, nimmt die Sonnenbrille ab, kneift die Augen zusammen. Als er mich ansieht, erschrecke ich. Seine Augäpfel sind feuerrot entzündet, er sieht aus wie der Fürst der Finsternis.

»Weißt du, worin sich Mensch und Hauskatze unterscheiden?«, fragt er. »Der Mensch ist in der Lage, mehr Daten zu verarbeiten als eine Katze. Dadurch gilt er der Katze als überlegen. Allerdings bedeutet das im Umkehrschluss, dass ein System, das in der Lage ist, mehr Daten zu verarbeiten als der Mensch, ihm in der gleichen Weise überlegen ist wie der Mensch heute der Katze.«

Sein Zeigefinger beschreibt einen Kreis.

»Alles wird mit dem *Internet der Dinge* verbunden sein. Autos werden miteinander kommunizieren, sich gegenseitig reparieren, Kühlschränke geben automatisch Bestellungen auf, selbst Ozeane werden ihren Schadstoffgehalt selbstständig managen.

Wer nicht mit dem *Internet der Dinge* verbunden ist, ist der Sünde. Auf ihn wartet ein Leben ohne Information, eine Existenz in Demut und Schande.«

Er sieht mich herausfordernd an, ich schweige.

»Hast du noch 'ne Kippe«, fragt er, bevor er rasch hinterher schiebt: »Sind mir ausgegangen. Ist auch bestimmt die Letzte, versprochen.«

Ich reiche ihm die Packung, er angelt sich ein Stäbchen, ich gebe ihm Feuer.

»Du wohnst nicht in Berlin, oder?«

Ich schüttele den Kopf.

»Dacht' ich's mir.« Er ist stolz, richtig geraten zu haben. »Und was machst du in der Stadt?«

Es fällt mir schwer, seine roten Augen zu ignorieren, aber in seinem Gesicht lese ich aufrichtiges Interesse.

»Ich bin auf der Suche nach der Wahrheit«, antworte ich.

Er klatscht in die Hände.

»Alter, find ich gut, das gefällt mir.«

Und wie zur Belohnung setzt er die Sonnenbrille wieder auf, erspart mir den Anblick seiner Augen.

»Du suchst nach Sinn? Dann schließ' dich uns an, werde Dataist. Daten ergeben Sinn. Jedes deiner Worte und jede deiner Handlungen sind Teil des großen Datenflusses. Die Menschen, die unserer Gemeinschaft angehören, sind glücklich. Diejenigen, die sich vom Datenfluss abkoppeln, laufen Gefahr, vom Leben vergessen zu werden.

Was hat das Leben denn auch für einen Sinn, wenn niemand weiß, was wir erleben oder fühlen? Es ist wichtig, dass wir unsere Gedanken, unsere Gefühle öffentlich machen, es ist unsere Verpflichtung, dem *Internet der Dinge* Bericht zu erstatten.«

Er deutet zur Straße.

»Siehst du die vielen Leute dort? Sie trinken, essen, feiern, lenken sich von ihren eintönigen Jobs und unerfüllten Beziehungen ab. Keiner von denen ahnt auch nur im Ansatz, dass er bald keine Rolle mehr spielen wird. Taxifahrer, Ärzte, Anwälte, Dichter und Musiker. Alle stehen kurz davor, von überlegenen Computerprogrammen ersetzt zu werden. Dabei interessiert es nicht, ob diese Programme über ein Bewusstsein verfügen, Bewusstsein ist nur ein biochemischer Prozess, der keinem mehr etwas nutzt.«

Er lacht höhnisch.

»Überleg doch mal, was damals geschah, als das Auto die Pferdekutsche ablöste? Die Pferde wurden in den Ruhestand versetzt, nutzlose Kreaturen ohne Verwendung. Bald wird es Zeit, mit dem Menschen das Gleiche zu tun.«

Er sieht mich skeptisch an.

»Schockiert dich das jetzt? Es kommt noch besser. Zu Zeiten der Aufklärung behaupteten die Humanisten, Gott sei nur ein Produkt der menschlichen Vorstellungskraft. Damals, kurz nach dem finsteren Mittelalter, wurden sie für diese Weitsicht gefeiert und eine humanistische Weltanschauung ersetzte das von Gott geprägte Weltbild. Wenn Gott aber nur das Produkt der menschlichen Vorstellungskraft ist, und diese Vorstellungskraft nur ein biochemischer Prozess, dann ist es doch nur logisch, dass der Dataismus die humanistische Weltanschauung durch ein datenbasiertes Weltbild ersetzt.«

Er wendet mir sein Gesicht zu, ich habe das Gefühl, hinter den dunklen Gläsern seine rotglühenden Augen zu erkennen.

»Über Jahrmillionen galten Emotionen und Instinkt als der beste Schutz vor den Widrigkeiten des Lebens. Je ausgeprägter diese Fähigkeiten waren, desto wahrscheinlicher war es, zu überleben. Heute nutzen diese Eigenschaften niemandem mehr etwas. Gefühle und Instinkte spielen keine Rolle mehr, denn unsere Zukunft ist vorbestimmt. Schau' dir Google und Facebook an, die wissen alles über uns, wissen sogar, wie wir bei den nächsten Wahlen abstimmen werden. Es wird Zeit, uns endlich den Algorithmen anzuvertrauen, uns von ihnen leiten zu lassen.«

Er lässt seine Zigarette zu Boden fallen, tritt sie aus.

»Schon sehr bald werden alle Daten und Informationen über die Menschheit gesammelt und gespeichert sein. Danach entscheidet das *Internet der Dinge*, welchen Beruf wir ergreifen, welcher Lebenspartner zu uns passt, und ob es sinnvoll ist, einen Konflikt anzuzetteln oder ihm besser aus dem Weg zu gehen.«

Er hebt den Finger. »Wo aber kommen all diese Algorithmen her?«, fragt er. Selbstsicher sieht er mich an, lächelt, lässt sich mit der Antwort Zeit.

»Es sind die Computerfreaks, die sogenannten Dunklen, die

Tag und Nacht in schlecht beleuchteten Räumen sitzen, sich von Fastfood und Coca-Cola ernähren, während sie ihre Algorithmen programmieren. Allerdings hat keiner von ihnen mehr einen Überblick über die unzähligen Programme, geschweige denn über den großen Zusammenhang. Währenddessen entwickeln sich die Algorithmen mit Hilfe von künstlicher Intelligenz mit einer unglaublichen Geschwindigkeit weiter. Ein Prozess, über den der Mensch schon lange die Kontrolle verloren hat.«

Er steht auf, schiebt sein Gesicht ganz nahe an meines.

»Bald schon verliert der Homo sapiens für das *Internet der Dinge* seine Bedeutung, danach werden wir den Neandertalern und Dinosauriern in die Vergessenheit folgen. Die Menschheit wird nichts anderes gewesen sein, als ein kurzes Aufflammen im kosmischen Datenstrom.«

Mit einem Seufzer klopft er mir auf die Schulter.

»Tja, Alter, so isses.« Er steckt seine leere Bierflasche in die Jackentasche. »Das war's mit der kleinen Lehrstunde, ich muss weiter.«

Er deutet auf meine Flasche.

»Darf ich die haben. Da is' Pfand drauf, kann ich momentan ganz gut gebrauchen. Und wenn du noch 'ne Zigarette hättest, wär' ich dir wirklich dankbar.«

Ich drücke ihm die angebrochene Schachtel Gauloises in die Hand.

»Hey Alter, du bist echt Gipfel. Hoffe, du schaffst den Sprung in die digitale Welt, solche wie dich können wir gut gebrauchen. Ich wünsch' dir auf jeden Fall alles Gute.«

Er deutet eine Verbeugung an, macht auf dem Absatz kehrt und überquert mit federnden Schritten die Straße. Verwirrt von seinen wunderlichen Thesen starre ich ihm hinterher, bis er in einem Hauseingang gegenüber verschwunden ist. Zwei

Stadtstreicher, die unsere Unterhaltung vom Fenstersims des Kiosks verfolgt haben, werfen mir einen amüsierten Blick zu. Ich löse den Plastikstreifen um die zweite Packung Gauloises und zünde mir eine Zigarette an.

Ich sehe zwei Möglichkeiten, den Abend weiter zu gestalten. Entweder besorge ich mir im Kiosk eine Flasche Bier, setze mich zu den Stadtstreichern und reflektiere die obskuren Ansichten meines rotäugigen Datenfreundes, oder aber, ich vergesse die ganze Geschichte und mache mich zu einem Streifzug durch Kreuzberg auf.

Um mich herum tobt das Leben, vor den Kneipen, Restaurants und Imbissläden tummeln sich feierfreudige Menschen.

Mit der Zigarette zwischen den Fingern schlendere ich los, den breiten Bürgersteig entlang. Die Leute sind guter Laune, gönnen sich auf den Terrassen der Restaurants einen nächtlichen Snack, hier und da schaut ein Flaschenhals aus einem Kühler. Aus einer Kneipe dröhnt Rockmusik, davor amüsiert sich eine Motorradgang mit leichten Mädchen, chromglitzernde Motorräder parken auf dem Bürgersteig. Ein Mann im Rollstuhl bietet Glückslose an, er lacht mit offenem Mund, der ohne Zähne ist.

An der Straßenecke verteilen sich einige Tische um ein Bistro, Kerzenlicht schimmert durch farbige Windlichter. Sie sitzt am Tisch. Blonde, halblange Haare, heller Teint, hohe Wangenknochen. Durch eine rote Hornbrille sieht sie auf das Display ihres Handys. Ich kenne sie. Während mein Unterbewusstsein noch dabei ist, das Gesicht zuzuordnen, sieht sie auf. Als sie lächelt, fällt mir ihr Name ein.

Sarah Rassbehr.

Auf mein Gesicht legt sich ein Lächeln. Sie steht auf, streckt mir ihre Hand entgegen. Ihr langarmiges T-Shirt trägt den Schriftzug der Philipps-Universität in Marburg, ihre schlanken Beine stecken in engen Jeans.

Wir begrüßen uns, küssen uns auf die Wangen.

»Das ist aber ein schöner Zufall«, freut sie sich: »Du ebenfalls in Berlin.«

Sie deutet auf einen Stuhl: »Setz' dich doch zu mir. Natürlich nur, wenn du Zeit und Lust hast«, schiebt sie ein wenig verlegen hinterher.

»Ein wenig Zeit habe ich schon«, sage ich, nehme Platz.

»Wie lange ist es her, dass wir uns auf dem Kongress gesehen haben?«, fragt sie.

Immer noch ein wenig zerstreut ob der unvermuteten Begegnung, lege ich den Kopf zur Seite: »Vier Jahre? Oder, warte, vielleicht sind es auch nur drei. Es war in Wien«, überlege ich: »Also sind es drei Jahre.«

»So lange ist das schon her. Es kommt mir viel kürzer vor, wie doch die Zeit vergeht.« Sie schaut mir in die Augen: »Ich dachte, du lässt mal was von dir hören.«

»Das Gleiche dachte ich von dir«, erwidere ich, halte ihrem Blick stand.

»*Fair Point*«, lacht sie.

Sie sucht nach dem Kellner, winkt ihn an unseren Tisch.

»Du trinkst doch etwas? Oder musst du gleich weiter?«

»Ich habe Zeit«, sage ich und zum Kellner gewandt: »Einen Negroni, bitte.«

Er sieht mich an: »Negroni? Da muss ich nachfragen.«

Ich nicke, er geht ins Bistro.

»Negroni? Hier in Kreuzberg? Du suchst wirklich die Herausforderung«, lacht Sarah, nippt an ihrem Rotwein.

»Was ist so schwer daran, ein Drittel Gin, ein Drittel Campari und ein Drittel Martini Rosso zusammenzumixen?«, frage ich: »Etwas Eis, eine Orangenschale, das ist schon alles.«

»Es ist nicht das Objekt, es ist die Anschauung«, antwortet sie.

»Ah so«, erwidere ich: »Das ist natürlich etwas anderes. In Kreuzberg ist der Negroni also verpönt. Spät am Abend noch immer die Soziologin.«

Sie schmunzelt.

Der Kellner kommt zurück: »Negroni ist machbar. Soll ich dir einen bringen?«, fragt er.

»Gerne«, antworte ich.

»Für mich noch ein Glas Rotwein«, sagt Sarah.

»Was führt dich nach Berlin?«, fragt sie, nachdem der Kellner gegangen ist.

Ich zögere: »Das willst du nicht wissen und selbst wenn du es wissen wolltest, könnte ich dir darauf keine wirkliche Antwort geben.«

Überrascht schaut sie mich an. Ihr langgezogenes Okay verrät mir, dass sie die Antwort irritiert.

»Und du?«, frage ich: »Dutzende von Publikationen in den letzten Jahren, Dozentin an der Universität Marburg, zuvor wissenschaftliche Assistentin an den Universitäten Jerusalem und Viadrina in Frankfurt/Oder. Eine wirklich beachtliche Karriere.«

Ich lasse meine Worte nachklingen, koste ihre Verlegenheit

aus, bevor ich ergänze: »Respekt, alles richtig gemacht.«

Sie will etwas erwidern, doch der Kellner ist zurück. »Ein Rotwein«, sagt er. »Und ein Negroni.« Er stellt das Glas mit dem roten Cocktail vor mich auf den Tisch.

Ich nicke anerkennend, entferne den Strohhalm.

Sarah und ich prosten uns zu.

»Ich muss zugeben, dass ich ein wenig Glück mit meiner Karriere hatte«, knüpft sie an mein Lob an.

»Ein wenig Glück gehört dazu«, antworte ich: »Deine Veröffentlichungen werden allseits gelobt.«

Sie nickt, ihre Verlegenheit ist verflogen: »In Jerusalem und Frankfurt an der Oder hatte ich die Möglichkeit, mit zwei bekannten Soziologen zusammenzuarbeiten. Beide haben auf dem Gebiet der Gesellschaftsforschung einiges erreicht. In der heutigen Zeit, in der sich der gesellschaftliche Wandel mit unglaublicher Geschwindigkeit vollzieht, sind Soziologen gefragte Leute.«

»Ja, wir leben in einer neuen Zeit«, stimme ich zu: »Die Suche nach dem Glück scheint abgeschlossen, nun gilt es, dieses Glück zu optimieren.«

»Zum Beispiel mit Negroni«, sagt sie.

»Genau«, grinse ich, hebe mein Glas.

Sie lacht, prostet mir zu.

Der Kellner bringt eine Schale mit Chips und Oliven, Sarah angelt sich eine Olive.

»Bis vor wenigen Jahrzehnten mussten die Menschen in Deutschland noch hungern, inzwischen ersticken wir im Wohlstand, langweilen uns auf Netflix, daddeln mit unseren Handys.«

»Langsam«, hebe ich beschwichtigend die Hände.

»Bist du anderer Meinung?«

»Vielleicht sollten wir das erst einmal diskutieren, bevor

wir zu einem Ergebnis kommen.«

»Hättest du dich damals nach dem Kongress gemeldet, müssten wir heute nicht bei Adam und Eva anfangen«, antwortet sie, bevor sie bemerkt, dass ihr die Schärfe des Vorwurfs ein wenig entglitten ist. Ich sehe, wie sie rot wird.

Entschuldigend hebe ich die Schultern, so wie sie mir heute Abend mit den hohen Wangenknochen, den hübschen, blauen Augen gegenübersitzt, frage ich mich sowieso, wieso ich mich nie mehr bei ihr gemeldet habe.

Unsere Diskussion beginnt mich zu interessieren: »Vielleicht hungert in Deutschland heute niemand mehr, ob wir deswegen aber gleich im Wohlstand ersticken, halte ich für übertrieben.«

Sie steckt sich eine Olive in den Mund, taxiert mich: »Mit dem Zerfall der Sowjetunion begann der Triumph der liberalen Wirtschaftssysteme, drei Jahrzehnte später sind wir alle hemmungslos am Konsumieren, nennen es Wohlstand.«

»Nicht jeder hat von dieser Entwicklung profitiert«, entgegne ich.

»Das ist richtig, es gibt nicht nur Gewinner. Die gesellschaftlichen Milieus, wie wir sie von früher kennen, haben sich verschoben. Die akademische Mittelschicht hat am stärksten an Einfluss gewonnen.«

»Akademische Mittelschicht?«, horche ich auf.

»Aus der ehemaligen, breiten Mittelschicht, ist ein neues Milieu erwachsen, die akademische Mittelschicht«, erklärt Sarah.

Ich schaue sie fragend an, die breite Mittelschicht ist mir ein Begriff, von der akademischen Mittelschicht habe ich nie zuvor gehört.

»Wachsender Wohlstand, Komplexität und Geschwindigkeit der gesellschaftlichen Entwicklung, Diversifizierung, Meinungsvielfalt, die Welt verändert sich. Um nicht in der Anonymität zu versinken, bedarf es der Fähigkeit zur intellektuellen Selbstdarstellung, denn nur wer noch wahrgenommen wird, hat eine Chance auf Anerkennung. Ein mittelmäßiges Gehalt alleine reicht dafür schon lange nicht mehr aus.«

Sie forscht in meinem Gesicht, ob ich ihr folgen kann. Ich ermuntere sie mit einem Lächeln, fortzufahren.

»Die Wertschätzung innerhalb der Gesellschaft hat sich verschoben. Bis vor wenigen Jahren konnte man noch sicher sein, dass alles, was der Allgemeinheit diente, auch Anerkennung fand. Nimm beispielsweise die Rationalisierung, anfänglich angefeindet, führte sie letztlich zur Steigerung des Gemeinwohls, indem sie die Wirtschaft, die Medizin, und die Verwaltung effizienter gestaltete.

Alle profitierten von dieser Entwicklung, die Rationalisierung erfuhr Wertschätzung. Heute jedoch schenkt ihr keiner mehr eine besondere Aufmerksamkeit. Als Teil des Allgemeinen ist sie in den Hintergrund geraten.« Sarah schaut mich an, sie lächelt verschämt, als wolle sie sich für ihre These entschuldigen: »Stell dir vor, wie es wohl war, als das erste Automobil über die Straße rollte. Die Leute liefen in Scharen zusammen, bestaunten das Wunder der Technik. Nur wenige Jahre später sind Autos zur Normalität geworden, rollen Tag für Tag durch unsere Straßen.«

»Ebenso verhält es sich mit dem Allgemeinen«, sie nippt am Wein, schaut mich an. Ich nutze die Pause, überlege, ob ich ihre Ansichten teile.

Sarah winkt dem Kellner. Wir bestellen einen weiteren Rotwein und einen Negroni.

Ein mit bunten Blumen bemalter VW-Käfer rollt die Straße entlang, aus dem Innern des Wagens dröhnt *The End* von den *Doors*.

»Hast du die Musik bestellt?«, frage ich.

»Wahrscheinlich ist es das, was ich so sehr an dir mag«, sagt sie.

»Was denn?«

»Deinen Humor.«

»Immerhin etwas.«

Wir schmunzeln, schweigen einen Moment, bevor ich den Faden wieder aufnehme:»Wenn das Allgemeine also Vergangenheit ist, oder neudeutsch *out*, was tritt dann an seine Stelle? Oder gibt es keinen Nachfolger?«

»Hast du eine Idee?«, fragt sie.

Ich schüttele den Kopf, zucke mit den Schultern.

»Das Besondere ist an die Stelle des Allgemeinen getreten; das Singuläre, die Einzigartigkeit«, antwortet sie.

Ich runzle die Stirn:»Es fällt schwer, sich vorzustellen, wie das in einer Gesellschaft mit Millionen von Individuen funktionieren soll?«

Sie nickt, ist auf den Einwand vorbereitet.

»Das Allgemeine ist nicht verschwunden, es existiert im Hintergrund weiter, ist sozusagen der Motor, der alles am Laufen hält. Aber Aufmerksamkeit, Wertschätzung und Bewunderung richten sich inzwischen auf das Besondere. Dabei ist es vor allem die akademische Mittelschicht, die das Besondere zelebriert. Da diese Gruppe inzwischen die Elite stellt, kommt dem Besonderen eine große Bedeutung zu«, erklärt Sarah.

»Was charakterisiert die akademische Mittelschicht?«, will ich wissen.

»Jedes Individuum ist für sich selbst bestrebt, etwas Besonderes darzustellen. Man inszeniert sich, versucht, sich von der Masse abzuheben, tritt miteinander in einen Wettbewerb, hofft, dass die Bemühungen um Einzigartigkeit Anerkennung finden«, erklärt Sarah.

»Durch *Like Buttons*?«, frage ich spöttisch.

»Unter anderem durch *Like Buttons*«, antwortet Sarah, ohne auf meine Stichelei einzugehen: »Vor allem aber durch Aufmerksamkeit aus dem Freundeskreis, von Nachbarn oder Kollegen. Wertschätzung ist die wichtigste Währung der akademischen Mittelschicht. Materialismus, wie wir ihn von früher kennen, spielt nur noch eine untergeordnete Rolle.«

Ich verkneife mir die nächste Frage mit Ironie zu ummanteln: »Was muss ich tun, um mich besonders zu machen?«

»Wie individualisieren wir uns?«, präzisiert Sarah meine Frage und erklärt: »Indem wir Profile anlegen, Selfies schießen, die wir für jeden im Netz zugänglich machen. Wir geben bereitwillig Auskünfte über unsere Vorlieben und Abneigungen, reisen an exotische Orte, umgeben uns mit Menschen, deren Glanz auf uns abfärbt. Wir leben in ausgefallenen Häusern oder Wohnungen, unsere Möbel erfüllen nicht mehr nur einen Zweck, vielmehr wählen wir sie danach aus, dass unser Stil eine maximale Wertschätzung erfährt. Wir arbeiten nicht mehr in langweiligen Berufen, deren ausschließlicher Zweck es ist, Geld zu verdienen, wir verwirklichen uns in Projekten, erweitern uns intellektuell, leisten einen *Impact*.« Sie lässt ihre Worte nachklingen: »Alles, was wir tun, tun wir, um als Individuum wahrgenommen zu werden, eine maximale Wertschätzung zu erfahren.«

»Eine Gesellschaft von Egoisten?«, sage ich und füge hinzu: »Eine Gesellschaft narzisstischer Egoisten.«

Ein nachsichtiges Lächeln umspielt Sarahs Lippen.

»Das sind Begrifflichkeiten aus der Vergangenheit. Das Wort Egoist, wie wir es kannten, hat seine Bedeutung verloren. Es gibt keine Egoisten mehr, nur noch Individualisten, die danach streben, sich selbst zu verwirklichen.«

»Weil sie dazu gezwungen sind?«, frage ich.

»Mehr oder weniger, sie kämpfen für eine Art neue Freiheit,

um Anerkennung des persönlichen Lebensstils. Man ist cool, leistet einen *Impact* oder ernährt sich vegan.«

Ich schaue sie an: »Das trifft allerdings nur auf einen Teil der Gesellschaft zu?«

»Nur auf die akademische Mittelschicht, sie ist tonangebend in Medien und politischen Institutionen.«

»Was ist mit den restlichen Gruppen?«

»Die Oberschicht repräsentiert nur einen kleinen, unbedeutenden Teil, der wenig Einfluss nimmt. Die ehemalige breite Mittelschicht hat sich aufgespalten in die akademische Mittelschicht und eine Art Puffermilieu, das sich zwischen der akademischen Mittelschicht und der Unterschicht gebildet hat. Die Menschen des Puffermilieus verfügen nicht über die finanziellen Mittel oder die intellektuellen Fähigkeiten, sich einem Wettbewerb der Individualisierung zu stellen. Ihre Aufgabe besteht darin, das Allgemeine aufrechtzuerhalten, ohne allerdings dafür Wertschätzung oder Anerkennung zu erhalten.«

»Und diese Aufspaltung wird akzeptiert?«, frage ich.

»Im Puffermilieu und Unterschichtenmilieu sind die Menschen vollends damit beschäftigt, ihren Lebensunterhalt zu sichern. Sie konkurrieren um schlecht bezahlte Arbeitsplätze, bezahlbare Wohnungen, ein wenig Zugang zu Bildung. Es fehlt ihnen an Zeit und Einfluss, ihre Situation zu verbessern oder eine Veränderung herbeizuführen.«

»Das klingt für mich nach Polarisierung, Unzufriedenheit und Protest«, sage ich.

Sie nickt. »Das stimmt, noch aber hält der soziale Frieden, wie lange das allerdings so sein wird, hängt davon ab, wie sich die Dinge weiterentwickeln.«

»Irgendwann werden wir dann zurückrudern und die alten Verhältnisse wieder herstellen«, sage ich.

Sie grinst: »Du glaubst noch an den Osterhasen. Ein Zurück wird es nicht mehr geben. Globalisierung, Digitalisierung und die Umweltbewegung, die sich mehr und mehr radikalisiert stellen die Welt vor immense Herausforderungen, Megatrends, die sich weiter verstärken werden.«

Ihr Gesicht ist hart geworden im Urteil: »Es wird immer schwieriger, einen gemeinsamen Nenner zu finden. Weltweit zweifeln die Menschen die politischen Ordnungen an, sogar das demokratische Modell ringt inzwischen um Akzeptanz. Wenn du mich fragst, steuern wir geradewegs auf eine Anarchie zu.«

Entschlossen hebe ich mein Glas: »Auf die Anarchie.«

An den Nachbartischen fliegen die Köpfe herum, einige der Gäste schmunzeln.

Sarah sieht mich mit großen Augen an. Ich weiß nicht, ob sie meine Reaktion zutheißt, doch dann hebt sie ihr Glas.

»Vielleicht hast du Recht und das ist die einzige Lösung«, sagt sie.

»Anarchie?«, frage ich.

»Humor«, antwortet sie.

Auf der Straßenseite gegenüber schlendert eine Gruppe Teenager den Bürgersteig entlang. Ein älteres, gut gekleidetes Paar, spaziert an unserem Tisch vorbei. Der Mann ist aufgebracht, gestikuliert mit den Händen: »Der Kanter aus NRW soll mit den Rechten paktieren. Hätte ich niemals von dem gedacht«, dringen Wortfetzen an unseren Tisch.

Sarah runzelt die Stirn, sie schaut mich ungläubig an: »Herbert Kanter, der Innenminister aus NRW, ein Nazi? Schwer vorstellbar.«

Ich überhöre die Worte, winke dem Kellner.

»One for the Road?«, frage ich Sarah.

Sie überlegt: »One for the Road«, nickt sie.

Der Kellner kommt, ich bestelle einen Rotwein und einen Negroni.

Gedankenversunken murmelt Sarah: »Unser politisches System greift nicht mehr, die Verantwortlichen sind gerade dabei, den letzten Rest an Glaubwürdigkeit zu verspielen.«

»Wie meinst du das?«, frage ich.

»Es scheint, dass die Politik den Menschen keine Orientierung mehr bietet.«

»Das demokratische Modell ist also am Ende?«, frage ich.

»Meine Hoffnung schwindet mit jedem Tag. Überleg doch mal, mit dem Fall der Mauer und dem Zerfall der Sowjetunion begann der Siegeszug des Liberalismus. Wie lange ist das jetzt her?«

»Etwas mehr als dreißig Jahre«, sage ich.

»Dreißig Jahre«, wiederholt sie: »Das ist aus historischer Perspektive ein kurzes Rauschen der Gezeiten. Und das siegreiche System, die Demokratie, kämpft heute bereits um gesellschaftliche Akzeptanz, wenn nicht sogar ums Überleben. Das ist doch verrückt, oder?«, sie schüttelt den Kopf.

»Und wessen Schuld ist das?«, frage ich.

»Schuld? Es ist niemand schuld. Die Demokratie hat den Kommunismus aus dem Rennen geschlagen, gleichzeitig aber die Bedeutung der Wirtschaft über die der Politik erhoben.«

Ich pflichte ihr bei: »Wir haben es in Deutschland am eigenen Leib erlebt.« Sie nickt, sagt: »Die DDR war wirtschaftlich am Ende, da gibt es keinen Zweifel. Ob sie es gesellschaftlich ebenso war, werden wir nicht mehr erfahren.«

»Dazu gibt es sicherlich unterschiedliche Meinungen«, entgegne ich.

Sie sieht mich an: »Sicherlich.«

»Aber auf die DDR wollte ich auch eigentlich gar nicht hinaus. Maßgeblich ist, dass Politik und Ökonomie seit einigen Jahren getrennte Wege gehen, mit messbaren sozialen Auswirkungen.«

»Eine neue Zeit, unsere Zeit«, werfe ich ein: »Der Liberalismus hat sich durchgesetzt. Die meisten Menschen stehen heute wirtschaftlich besser da, als noch vor ein paar Jahren, deshalb glauben sie an die Marktwirtschaft. Wer will es ihnen verdenken? Im Gegensatz dazu werden politische Initiativen erst einmal misstrauisch beäugt.«

Sarah nickt: »Heutzutage konkurriert eine Vielzahl politischer Überzeugungen um Glaubwürdigkeit. Linke Ideologien, rechte Ideologien, grüne Ideologien, neoliberale Ideologien. All die unterschiedlichen Ansichten beanspruchen für sich die moralische Deutungshoheit. Eine Gemengelage, die durch die Omnipräsenz der Medien und der sozialen Netzwerke unüberschaubar geworden ist. Es ist schwierig, politische Projekte umzusetzen, weil irgendeiner Gruppe immer auf die Füße getreten wird.«

Ich stimme ihr zu.

»Es fehlt an Autorität, weil der Autoritätsbegriff verpönt ist. Was aber soll die Autorität ersetzen, wenn Vorbildfunktion und Erfahrungswerte nicht mehr gelten?«

Ich zucke mit den Schultern.

»Die Antwort kann nur lauten: Gruppenzwang. Denn wenn wir nicht mehr bereit sind, Mehrheiten zu akzeptieren, dann bleibt uns nur die kollektive Entscheidung auf Basis des kleinsten gemeinsamen Nenners, ein solidarisches Einvernehmen. Entweder entscheidet die Herde oder die Herde entscheidet nicht.« Sie beschäftigt sich mit dem Thema bereits lange, ich kann es spüren.

»Aber nicht nur der Gruppenzwang droht unsere Entscheidungsfreiheit einzuschränken. Es gibt einflussreiche Strömungen, die alles daransetzen, den Meinungsaustausch ebenfalls zu normieren«, sagt Sarah.

»Wie meinst du das?«, frage ich.

»Neben der Neuausrichtung der Milieus, die schon für sich alleine genommen ernsthafte Schwierigkeiten hervorbeschwört, stehen wir vor einem anderen Problem.«

Interessiert schaue ich sie an.

»Das Paradoxon der Massenkommunikation«, sagt Sarah. Sie ahnt, dass ich mit dem Begriff wenig anfangen kann, also holt sie weiter aus. »Unsere Bevölkerung ist vielfältiger und diverser geworden. Neben dem weißen, heterosexuellen Mann, spielen die Frau, der Homosexuelle, der Migrant oder der Transgender eine wichtige Rolle. All diese Gruppen verfügen inzwischen über vernehmbare, öffentliche Stimmen. Zwangsläufig erwächst daraus mehr Kritik. Es entstehen zusätzliche Diskussionen, Konflikte und Widersprüche werden zahlreicher. Aussagen und Redeweisen, die früher selbstverständlich waren, müssen heute erklärt werden, um niemanden zu verärgern.«

Ich ahne, worauf sie hinaus will: »Es gibt Rote, Schwarze, Rechte, Linke, Konservative, Schwule, Lesben, Migranten und viele andere Gruppen. Alle haben eine Meinung, tun diese kund. Diese Vielzahl der Stimmen lässt eine einvernehmliche Entscheidung nur schwer zu«, sage ich.

»Das ist der springende Punkt«, antwortet Sarah: »Zum einen verstärkt sich die Tendenz, einstimmige Entscheidungen herbeiführen zu wollen, zum anderen aber wächst die Anzahl der öffentlichen Stimmen. Wenn ich eine kollektive Entscheidungsfindung anstrebe, bleibt mir nichts anderes übrig, als die Meinungsvielfalt einzudämmen. Wie mache ich das? Ich blockiere sie.«

Sarah sieht mich eindringlich an: »Und so erleben wir das

Wiederaufflammen der *Political Correctness* und der *Cancel Culture*.«

»Wiederaufflammen?«, frage ich überrascht.

Sie nickt: »Diese Einhegungsversuche und Diskursverengungsmuster kennt man bereits aus der Vergangenheit. Schon immer gab es Vordenker, Querdenker und Revolutionäre, die aus der öffentlichen Diskussion herausgehalten wurden. Neu sind allerdings Geschwindigkeit und Intensität dieser Ausschlussversuche.«

»Die Technologie spielt dabei sicherlich eine große Rolle«, sage ich.

Sie nickt: »Zum einen die sozialen Netzwerke, daneben die klassischen Medien, die als Marktteilnehmer ihrerseits gezwungen sind, Gewinne zu erwirtschaften, indem sie hohe Auflagen oder Klicks im Netz erzielen. Sie befeuern den Empörungsfuror, erhitzen die Debatten«, sagt Sarah: »Allerdings gefährden die Ansätze von *Political Correctness* und *Cancel Culture* den mühsam erkämpften Status unseres Öffentlichkeitsverständnisses. Denn wenn wir es zulassen, bestimmte Worte als böse zu bezeichnen, ihnen eine dämonische Kraft nachsagen, katapultieren wir uns damit zurück ins Mittelalter.«

»Diese Entwicklungen sind den gesellschaftlichen Veränderungen zuzuschreiben, die du beschrieben hast?«, frage ich.

Sie nickt. »Wir stehen am Anfang einer umfassenden Individualisierung der Gesellschaft. Selbst wenn einige Soziologen inzwischen erkennen, dass diese Ausrichtung in die falsche Richtung führt, wird es lange dauern, bis die Menschen bereit sind, den Sinn einer übergeordneten Gemeinschaft wieder zu akzeptieren.«

Ihre Argumente leuchten mir ein, ich verstehe jetzt, warum sie mit ihren Veröffentlichungen Erfolg hat. Als ich sie damals in Wien auf dem Kongress kennenlernte, ahnte ich nicht, wie groß ihr beruflicher Ehrgeiz war.

Ich lasse meinen Blick über die Nebentische kreisen. Ein Mann mit rasierter Glatze sitzt einer jungen Frau gegenüber. Er trägt ein buntes Jackett, das irgendwie nicht zu ihm passt. Sie hat rote Locken und ein kindliches Gesicht. Seine Hand hat sich im Laufe des Abends nach vorne gearbeitet, liegt inzwischen auf ihrer Hand.

Zwei Jugendliche schlendern den Bürgersteig entlang, feixen, freuen sich auf die Abenteuer der Nacht. Eine Frau, die hinter ihnen geht, schiebt einen Kinderwagen und lächelt.

Obwohl die friedliche Atmosphäre nicht zu Sarahs alarmierenden Worten passt, kann ich ihre Sorgen nachvollziehen. Entweder erleben wir gerade die Ruhe vor dem Sturm, der in Kürze über uns hinwegfegen wird, oder es handelt sich lediglich um eine ausgeprägte Unsicherheit, die uns vom Schlechtesten ausgehen lässt.

»Nun, zumindest weiß ich jetzt, womit du dich in den letzten Jahren beschäftigt hast«, versuche ich Sarah ein wenig aufzuheitern. Sie schaut mich einen Moment unschlüssig an, dann lächelt sie, dankbar, dass ich das Thema wechsle.

»Die *Queen of Darkness* trifft den *Lord of Light*«, sagt sie.

»Errettung in allerletzter Sekunde, das nenne ich doch mal die gelungene Dramaturgie eines unverhofften Wiedersehens«, antworte ich.

Ihre Züge entspannen sich, wie sie mich anschaut, ist sie froh, mich getroffen zu haben, ich muntere sie auf. Verglichen mit gestern Abend, als ich meine Wohnung verließ, ist es kaum zu glauben, wie sich meine Stimmung zum Positiven gewandelt hat. Ein Perpetuum mobile, das angestoßen wurde.

»Wollen wir austrinken?«, fragt Sarah.

Ich schaue auf die Uhr: »Es ist schon spät.«

»Ich fliege morgen früh nach Zürich, am Nachmittag halte ich einen Vortrag an der eidgenössischen Universität.«

»Was ist mit dir? Bleibst du in Berlin oder musst du wieder zurück?«

»Ich weiß es noch nicht«, antworte ich.

»In welchem Hotel bist du untergebracht?«, fragt sie.

Ich lächele verlegen, deute auf meinen Rucksack.

»Ehrlich gesagt, bin ich noch nirgends untergekommen. Es war eine spontane Entscheidung, Berlin zu besuchen.«

Sie nippt an ihrem Glas.

»Wenn du möchtest, kannst du bei mir übernachten. Man hat mir eine Suite im Hyatt gebucht. Es gibt eine Couch«, sagt sie.

»Couch?«, frage ich und schmunzle.

»Couch!«, antwortet sie knapp.

»Das Angebot nehme ich gerne an.«

Die Tische des Bistros haben sich geleert, der Kellner räumt die Gläser ab. Ich winke ihn heran.

Sarah will die Rechnung begleichen. Ich lehne ab, lade sie ein. Sie bedankt sich.

»Wollen wir ein Taxi nehmen?«, fragt sie.

»Wie weit ist das Hyatt entfernt?«

»Etwa zwei Kilometer«, antwortet sie.

»Lass' uns zu Fuß gehen. Die Nacht ist friedlich, ein bisschen Bewegung wird uns guttun.«

Es ist bereits weit nach Mitternacht, als wir die Straße entlangschlendern. Überall tummeln sich Menschen, niemand möchte sich vorzeitig aus dieser friedlichen Nacht verabschieden.

Im Café an der Straßenecke sitzen ein paar Althippies, lauschen einem Gitarrenspieler. Paare bummeln aneinandergekuschelt über den Boulevard, vor einem Imbiss hat sich eine

Schlange gebildet, die Leuchtreklame über dem Eingang bewirbt die beste Currywurst Berlins.

In meinem Kopf ist es friedlich, meine Gedanken sind geordnet. Ich genieße Sarahs Nähe, es ist einer dieser seltenen Momente vollkommener Zufriedenheit.

»Da vorne ist das Hotel«, reißt Sarah mich aus meinen Gedanken.

Kurz darauf stehen wir in der Lobby und warten auf den Fahrstuhl.

Sie sieht mich schmunzelnd an: »Couch.«

»Couch«, bestätige ich mit ernsthafter Miene.

Die Suite befindet sich im obersten Stockwerk, hat einen wunderbaren Blick über die Stadt. Die Hausbar ist gut bestückt, das Sofa steht vor dem Fernseher, ein großes Bett ragt wie ein Thron in den Raum.

»Was hattest du eigentlich in Berlin zu tun? Deine Auftraggeber haben offensichtlich großes Interesse an deiner Arbeit, wenn sie dich in einer Luxussuite unterbringen«, stichele ich beeindruckt: »Ich dachte eigentlich, du arbeitest noch immer als unterbezahlte Soziologin?«

Sie lacht, streift ihre Schuhe ab.

»Ich berate die Regierung.«

»Oh«, sage ich: »Dann sind die Themen unserer Diskussion aktueller, als ich angenommen habe.«

Sie schweigt.

»Wo ist das Bad?«, frage ich. »Ich würde gerne noch kurz unter die Dusche springen, bevor ich mich schlafen lege.«

»Kein Problem«, ohne aufzusehen deutet sie auf eine Tür. Ihre Aufmerksamkeit ist einigen Dokumenten gewidmet, die auf einem kleinen Sekretär liegen.

Ich streife meine Schuhe ab, gehe ins Badezimmer. Der Marmorboden ist angenehm kühl. Ich ziehe meine Klamotten aus, steige unter die Dusche. Das Wasser schießt mit der richtigen Temperatur aus dem Duschkopf, Wasserdampf schließt mich ein, das Nass prickelt angenehm auf meiner Haut. Ich spüre einen Luftzug, sehe durch den Wasserdunst die Silhouette eines Frauenkörpers in die Dusche steigen. Kurz darauf spüre ich eine Hand auf meiner Brust.

»Die Couch musst du dir erst noch verdienen.«

Noch bevor mich die Sonnenstrahlen wecken, kitzelt der Duft der parfümierten Bettlaken meine Nase. Ich öffne die Augen, um sie sofort wieder zu schließen. Das gleißende Sonnenlicht verursacht einen stechenden Kopfschmerz. Instinktiv fasse ich an meine Stirn, massiere meine Schläfen.

Kurz darauf riskiere ich es erneut, ziehe die Lider nach oben. Dieses Mal erdulde ich den Schmerz, hoffe, dass er schnell vorübergeht.

Vorsichtig setze ich mich auf, lehne mich gegen das Rückenpolster. Meine Hand tastet zur anderen Seite der Matratze.

Sarah ist weg, ich bin alleine.

Ich schaue unter die Bettdecke. Ich bin nackt.

Die Erinnerung an die vergangene Nacht lässt mich schmunzeln.

Es war eine feurige Nacht, leidenschaftlicher als damals in Wien nach dem Kongress.

Mein Kopf ist schwer, nach all dem Alkohol wundert mich das nicht. Wie aus einem trüben Teich steigen die Erinnerungen an die Oberfläche. Ich wollte mir unbedingt noch einen Joint mit dem Zombiegras drehen, das mir Annafrieda überlassen hatte. Das war, nachdem ich mit Sarah geschlafen hatte.

Ich bot ihr an mitzurauchen, doch sie lehnte ab. Eigentlich rauche sie nicht, manchmal vielleicht, heute allerdings nicht, sie müsse morgen zeitig aufstehen, könne sich keinen Kater erlauben.

Ich erinnere mich, dass ich sie nicht zu überreden versuchte, also bastelte ich den Joint für mich alleine und verdrückte mich auf die Terrasse. Nachdem ich einige Züge inhaliert hatte, begann das Lichtermeer der Berliner Nacht auf mich einzutrommeln. Explosionen aus grünen, blauen, gelben und weißen Lichtblitzen. Von der Straße drang Autolärm, wie ein klassisches Konzert, zu mir herauf, die schwüle Nachtluft umnebelte mich.

Nur mit einem Bettlaken bekleidet, wie ein römischer Tribun, thronte ich im Loungesessel, genoss die nächtliche Aufführung der Metropole. Es dauerte Stunden, bis ich von meinem Trip herunterkam und es mir gelang, mich aufzuraffen. Sarah schlief bereits, ich kroch unter die Bettdecke, streichelte ihr über den Kopf und fiel in einen traumlosen Schlaf.

Mein Blick kreist durch das Zimmer, bleibt an der Kaffeemaschine hängen. Kaffee ist genau das, was ich jetzt brauche, um es mit dem Tag aufzunehmen. Ich stehe auf, mache mich mit der Maschine vertraut. Ein Zettel klemmt gefaltet zwischen den Kaffeepads.

Hoffe, du hast gut geschlafen. Lass' dir den Kaffee schmecken. Musste früh zum Flughafen.

Darunter steht eine Telefonnummer.

Ich lege die Nachricht zur Seite, präpariere die Maschine. Kurz darauf knattert der Automat, ein würziger Kaffeeduft verbreitet sich in der Suite.

Bis ich das Zimmer räumen muss, bleibt mir noch ein wenig Zeit. Frische Morgenluft wird mir guttun. Ich wickle das Bettlaken um die Hüften, schlurfe auf die Terrasse. Die Sonne steht über dem Dach des gegenüberliegenden Hauses, Verkehrslärm dringt von der Straße herauf.

Ich setze mich in den Loungesessel, finde die Zigarettenschachtel von gestern Nacht, fische ein Stäbchen heraus. Irgendwann werde ich mit dem Rauchen aufhören müssen, heute allerdings noch nicht. Ich trinke meinen Kaffee, lehne mich zurück.

Die Kopfschmerzen haben nachgelassen, meine Gedanken fließen, sind positiv, meine Melancholie ist verflogen, ich fühle mich unbeschwert und frei.

Ich bin überzeugt, dass ich all den Menschen, denen ich die letzten beiden Tage begegnete, nicht zufällig über den Weg gelaufen bin, vielmehr zogen unsere Seelen uns an wie Magneten. Ich bin stolz darauf, wie entschlossen ich mein altes Leben hinter mir gelassen habe. Eigentlich bin ich niemand, der für sein spontanes Handeln bekannt ist, ich behaupte einmal, dass selbst meine Spontaneität durchdacht ist. Trotzdem ist es mir gelungen, meinem Bauchgefühl zu vertrauen. Nur so war es möglich, aus den immer gleichen Bahnen auszubrechen, den Pfad der Schwermut zu verlassen.

Ich fühle mich ein wenig wie die Romanfigur *Ebenezer Scrooge* in Charles Dickens *Weihnachtsgeschichte*. Ich traf die Geister der Vergangenheit, der Gegenwart und der Zukunft. Sie konfrontierten mich mit meinem *Ich*. Endlich erkenne ich, wer ich bin, warum ich so geworden bin, ohne, dass ich dem Teufel dafür meine Seele verkaufen musste.

Mir ist einiges bewusst geworden. Persönliche Freiheit ist kein Selbstzweck, sie ist die Verpflichtung, der eigenen Existenz einen Sinn zu geben. Dabei kann ich mich glücklich schätzen, denn ich bin privilegiert, über Wahrheit, Freiheit und Sinn nachdenken zu dürfen. Anderen ist diese Möglichkeit nicht vergönnt, die Widrigkeiten und Nöte ihres Lebens lassen ihnen dazu keine Zeit.

Ich drücke die Zigarette aus, werfe einen Blick über die Brüstung. Die Straßen sind belebt. Über die Hochtrasse rollt eine Stadtbahn, ein Fensterputzer in einem leuchtend gelben Overall reinigt die Glasfassade des gegenüberliegenden Hauses.

Die Rädchen bewegen sich, greifen ineinander. Alles hat seinen Platz, die Dinge laufen rund. Wenn sich etwas verändert, verändern wir uns ebenfalls. Ich bilde keine Ausnahme, bin ein Kind meiner Zeit.

Ein letzter Blick über die Dächer der Stadt, dann gehe ich

hinein, schalte den Fernseher ein. Während ich mir eine zweite Tasse Kaffee aufbrühe, laufen die Morgennachrichten. Hauptsächlich Regierungsdresche, Oppositionspolitiker mit Vorschlägen, wie alles besser zu machen ist.

Es wird Zeit, ich ziehe mich an, packe meinen Rucksack, stecke Sarahs Nachricht in die Tasche. Für das Zimmermädchen lasse ich zwei Euro auf dem Kopfkissen.

An der Rezeption warten neue Gäste, vor dem Hotel herrscht Betriebsamkeit. Taxis fahren vor, laden Menschen aus, Hotelangestellte kümmern sich um das Gepäck, verbreiten eine Willkommensatmosphäre.

Ich durchquere einen kleinen Park, scheuche ein paar Tauben auf, sie flüchten sich in die Kronen der umstehenden Bäume.

Nur ein paar Straßen entfernt ist eine U-Bahnstation. Ich genieße den Spaziergang, es ist ein sonniger Tag, die Temperatur ist angenehm.

Eine Treppe an der Station führt zum Bahnsteig hinauf.

»Hallo Meester, du siehst so aus, als hättste viel Glück im Leben. Kann'ste mir mal wat davon abjeben?«

Ein Stadtstreicher spricht mich an, sitzt auf einer Decke am Fuß der Treppe. Ein Hund ist bei ihm, die ergraute Schnauze liegt auf dem Schoß seines Herrchens. Der Stadtstreicher ist ein alter, schlaksiger Mann in abgetragener Kleidung. Sein Schädel ist oben kahl, links und rechts hat er zwei graue Haarbüschel. Er hat weiche, große Augen und eine fleischige Nase.

»Seh' ich wirklich aus, als hätte ich Glück im Leben?«, frage ich ein wenig amüsiert.

»Da kannste druff wetten«, antwortet er.

»Wie kommst du denn darauf?«, frage ich.

Die Frage überrascht ihn, aber rasch hat er eine Antwort parat: »Guck dir doch an. Rücken gerade, jehst wie'n Zar und strahlst über't janze Jesicht wie'n Honigkuchenpferd!«

Ich muss schmunzeln. Obwohl er schwatzt, bin ich bereit, ihm zu glauben. Es passt zu meiner Stimmung.

Ich streichle dem Hund über den Kopf.

Der Stadtstreicher freut sich, deutet auf seinen Begleiter: »Dit is meen besta Freund. Und meen eenzijer.«

Als ich wieder aufstehe, folgt mir der Blick des Hundes.

Unbemerkt fische ich einen Fünfzig-Euro-Schein aus meinem Portemonnaie.

Der Stadtstreicher bekommt große Augen.

»Sar'ick doch. Du hast Glück im Leben, stimmt's oder habbick recht?«

»Ja«, gebe ich zu: »Momentan habe ich ein wenig Glück.«

»Scheen, dette dit teilst«, er sieht zu seinem Hund: »Ick wer' dit ooch teil'n.«

Ich drücke ihm fünfzig Euro in die Hand, er schlägt ein Kreuzzeichen.

Der Hund spürt die Freude seines Herrchens, leckt ihm über die Hand.

Ich fühle mich gut, streichle den Hund ein letztes Mal, dann steige ich die Treppen zu den Gleisen hinauf.

Am Bahnsteig warte ich auf den Zug, schließe die Augen, spüre die Sonnenstrahlen auf meinem Gesicht. Ich lausche dem Großstadtlärm wie einem klassischen Konzert. Fast habe ich das Gefühl, die einzelnen Instrumente herauszuhören.

Hier hupt ein Auto, dort knattert ein Motorrad, eine Schar Kinder spielt in einem Hof. Geräusche des Lebens.

Die Bahn fährt ein, ich steige zu.

Es sind nur wenige Fahrgäste im Abteil, ein paar amerikanische Touristen in bunten Hawaiihemden mit Baseball-Kappen.

Ich sitze am Fenster, die Sonne wärmt durch die Scheibe. Die Stadt zieht an mir vorbei. Ich bin entspannt, wie seit Langem nicht mehr.

Eigentlich dachte ich immer, das Leben sei leichter. Aber es ist niemals leicht. Ganz gleich, wo wir wohnen, welcher Arbeit wir nachgehen, wie wir uns die Zeit vertreiben, die Regeln sind immer ein wenig anders, aber unsere Suche bleibt. Wir sind Trapezkünstler, ein Leben über dem Abgrund. Obwohl wir um die Gefahr wissen, gehen wir weiter. Jeder Schritt fällt anders aus. Manchmal ist es leicht, ein anderes Mal schwieriger, wir lernen durch Erfahrung, lernen zu balancieren.

Ich sehe aus dem Fenster. Der Zug nähert sich den Berliner Randbezirken. Ab und zu hält er an einer Bahnstation, vereinzelt steigen Fahrgäste zu. Bald erreiche ich den Flughafen. Vor dem Gebäude sitzen Reisende auf ihren Koffern, rauchen oder telefonieren.

Am Schalter muss ich nicht warten. Die Lufthansa-Mitarbeiterin ist freundlich, sie hat Zeit zu plaudern, verrät mir, dass es um diese Tageszeit am Flughafen immer etwas entspannter zugeht.

Als ich ihr mein Reiseziel nenne, stutzt sie einen Moment, doch dann drückt sie die Tasten ihres Rechners. Sie wird sich um mein Ticket kümmern, mich ausrufen.

Sie empfiehlt mir ein Café, das erst kürzlich eröffnet wurde. Durch das Panoramafenster könne man die Flugzeuge starten und landen sehen. Natürlich müsse man Flugzeuge mögen. Sie erwähnt es, weil nicht alle Flugzeuge mögen.

Ich bedanke mich, mache mich auf den Weg.

Die Atmosphäre im Café ist entspannt. An den Wänden hängen Fotografien der großen Flughäfen, in den Ecken stehen kleine Palmen.

Ich wähle einen Platz vor dem Panoramafenster. Die Bedienung kommt, ich bestelle eine Tasse Kaffee.

Die anderen Gäste sind ebenfalls Reisende. Sie blättern in Zeitschriften, spielen mit dem Handy, einige unterhalten sich mit ihren Tischnachbarn.

Draußen neben dem Rollfeld herrscht Betrieb. Arbeiter laden Koffer in eine Maschine. Ein Lotsenfahrzeug fährt einem Flugzeug voraus. Es fühlt sich eigenartig an, all diese Geschäftigkeit, doch durch das Panoramafenster dringt kein Laut.

Eine Propellermaschine der *Luxair* nimmt Geschwindigkeit auf, kurz vor dem Ende der Rollbahn hebt sich die Nase, das Flugzeug steigt steil in den Himmel hinauf.

Ich fühle mich gut.

Es hat eine Weile gedauert, bis ich es verstanden habe.

Ich bin alle.

Ich bin Jurek Bender, der Professor, Roxy, Christian von Laudrup und Otto Schaller. Ich bin die Richtung, in die mich ihre Gedanken lenken. Ich bin Annafrieda, Shandor, Lukas, der Hundemann, der Dataist und Sarah. Ich bin ihre Ängste, ihre Hoffnungen, ich bin der Lärm in den Straßen und die Lichter der Nacht. Ich bin der wolkenlose Himmel ebenso wie der Regentag. Ich bin frei in meinen Gedanken und bin es nicht.

Meine Reise hat mir geholfen, die Stimme meines *Ichs* einzudämmen. Das Leben besteht aus so viel mehr. Auch wenn uns die moderne Gesellschaft zum eigennützigen Individuum erzieht, ist es falsch, sich vor dem Zurückdrängen des *Ichs* zu fürchten. Tatsächlich müssen wir lernen, diesem inneren Neurotiker die Bedeutung zu nehmen. Ansonsten werden wir niemals erfahren, wie die Welt wirklich ist.

Heute ist ein wunderbarer Tag. Ich bin glücklich.

Ich freue mich auf die Reise, freue mich auf mein Ziel.

Afrika.

Über die Lautsprecheranlage wird ein Name aufgerufen.

Es ist mein Name.

Ich bin stolz auf diesen Namen. Es ist ein guter Name.

Ich stehe auf.

Es wird Zeit aufzubrechen.

ENDE